講談社文庫

ゼロ計画《プラン》を阻止せよ

左文字進探偵事務所

西村京太郎

講談社

目次

ゼロ計画《プラン》を阻止せよ

左文字進探偵事務所

第一章　ダイイング・メッセージ

1

三十六階の超高層で夫婦喧嘩《げんか》をしたら、さぞ面白いだろう。別に、そう考えて、喧嘩になったわけではなかった。

三階のマンションだって、三十六階の事務所だって、夫婦喧嘩のタネなんて、似たりよったりである。

左文字《さもんじ》も気が強いが、妻の史子《ふみこ》は、それに輪をかけて気が強い。わけがわからない中《うち》に、派手な夫婦喧嘩になった。彼等に仕事を頼みに来た客が、探偵事務所の前までやって来て、二人の勇まし過ぎる口喧嘩をドア越しに聞き、恐れをなして、引き返してしまった。

「いいこと！」

と、史子は、眉を吊《つ》りあげ、断固とした調子で、夫の左文字に向っていった。

「これから、あたしが、公園をひと廻りして来るから、戻って来るまでに、離婚届に署名、押印しておいて頂戴。離婚届の用紙は――」

「一番下の引出しだろう。わかってるよ」

左文字は、大きく肩をすくめて見せた。そんなジェスチュアが、わざとらしく見えないのは、彼がハーフだからである。

すらりと背が高く、彫りの深い顔と、青い眼は、誰が見ても、ハーフの顔である。ただ、髪は黒い。それが神秘的に見える。

史子は、さっさと事務所を出ると、エレベーターに突進した。

エレベーターで、階下へおりる。街はもう夜の気配だった。

左文字探偵事務所のある超高層ビルの前は、西口中央公園である。真冬で、雪でも降っていない限り、アベックが集まって来る。

史子は、水銀灯に美しく照らし出された公園の中を、怒りに満ちた顔で、歩いて行った。アベックばかりの中で、女のひとり歩きというのは、嫌でも目立つ。

たまに、アベックをひやかしに来たらしい男ばかりのグループがいて、そんな連中

は、史子を見つけて、口笛を吹いたり、

「ねえちゃん、今晩つき合って頂戴よ」

と、声をかけてきたりする。

史子は、軽蔑したような眼を、ちらりと向けただけで、通り過ぎてしまう。

（あん畜生！）

と、史子は、歩きながら、胸の中で怒鳴っていた。

（亭主風吹かせやがって！）

アメリカ人を父に持ち、アメリカで育ち、アメリカの大学を出た左文字だから、さぞやレディ・ファーストの意識が徹底しているだろうと思ったのに、結婚してみたら、日本人以上に、亭主関白なのだ。いや、もっと正確にいえば、彼は、亭主関白に憧《あこが》れているのだ。

結婚前は、史子が煙草《たばこ》を取り出せば、どこからともなく、ライターの火が差し出されたのに、今は、ライターを差し出すのは、もっぱら、史子の役目である。

「あんまり亭主風を吹かせるな」

と、史子がいったら、左文字は、

「そっちこそ、女房風吹かせるじゃないか」

と、逆襲してきた。

「女房風って何のことよ」

史子も、意地になっていい合い、それが、今夜の夫婦喧嘩の発端であった。他愛ないといえば、他愛ない。多分、二人が、まだ若過ぎるのだろう。

いつの間にか、中央公園の北口出口近くへ来ていた。

眼の前に、公衆電話ボックスが見えた。

ふと、弱気になって、そこに入って、左文字に電話をかけたくなった。

考えてみれば、詰らないことから始まった夫婦喧嘩なのだ。

亭主風を吹かすことだって、逆に、なよなよとされたら、かえって気味が悪い。きっと、左文字だって、今頃、喧嘩したことを後悔しているに違いない。

「そうだ」

と、史子が、口に出していい、二、三歩、公衆電話ボックスに向って歩き出した時だった。

ふら、ふらと、男が一人、よろめくように歩いて来て、史子にぶつかった。そのまま、両手で、彼女の身体にすがりついてくる。

「何するのよ!」

と、史子は、相手の手を振り払おうとして、ぎょっとして、その動作を止《や》めてしまった。

手に、ぬるぬるしたものが、くっつくのを感じたからである。それに、血の気を失っている男の顔。

探偵事務所長の妻兼秘書だから、手についたのが、男の身体《からだ》から噴き出した血だとすぐわかった。

こんな時には、史子の気丈さが役に立つ。彼女は、膝《ひざ》をつき、重い男の身体を抱きあげた。

「しっかりして！」

と、耳に口を寄せて怒鳴り、のぞき込んでいる若いアベックに向って、

「救急車を呼んで！」

と、大声で叫んだ。

その間も、男の背中から、血が流れ続けている。むっとする血の匂いだ。

「――――」

男が、何かいった。

「え？」

と、史子が、あわてて、男の口元に耳を寄せた。その耳に、きれぎれの男の声が聞こえた。

「阻止してくれ。ゼロ計画《プラン》。十月――」

「何ですって？」

「ゼロ――」

だが、男の声は、そこで消えてしまった。

2

数分後に、救急車が到着し、男は、近くの救急病院に運ばれたが、すでに絶命していた。史子の腕の中で、すでに事切《こと》れていたのだろう。

史子は、病院までついて行き、死亡したということを聞かされてから、血で汚れた両手を、病院の手洗所で洗った。

新宿署の刑事たちが、夫の左文字と一緒に、どやどやと入って来た。

左文字は、まっすぐ史子の傍《そば》に駆け寄って、

「大丈夫か？」

と、魅力的な青い眼で、彼女の顔をのぞき込んだ。二人とも、すでに夫婦喧嘩のことは、忘れてしまっている。

「大丈夫よ」

と、史子は、肯《うなず》いた。

彼女の着ているワンピースの胸の辺りにも、血がこびりついている。それを、濡らしたハンカチで拭《ふ》き取りながら、

「ゼロ計画《プラン》って、何のことかしら？」

「何だい？　そりゃあ」

「死んだ男の人のダイイング・メッセージよ」

史子は、耳にした限りの言葉を、左文字に話して聞かせた。

左文字の青い眼が、史子の話につれて輝いてきた。

「ゼロ計画を阻止せよか」

「普通なら、自分を刺した犯人の名前をいうところよ。それを、ダイイング・メッセージとして、いい残したということは、きっと、何か大きな事件だと思うわ」

「ただ問題は、誰にとって大事件かということだよ。死んだ男にとって大問題だったとしても、社会全体から見て、別にどうということのない場合も考えられるしね。と

にかく、君が聞いたダイイング・メッセージは、警察に教えておいた方がいいね」

「わかってるわ」

と、史子は、肯いた。

夫婦喧嘩は、いつの間にか、おさまってしまっていた。史子は、離婚届のことも、忘れてしまっている。

警視庁捜査一課の矢部《やべ》警部が、左文字探偵事務所に足を運んで来たのは、翌日の午後だった。

少しばかり皮肉屋のこの警部とは、すでに、いくつかの事件で一緒に仕事をしていて、顔馴染《かおなじ》みだった。

「今日は、奥さんの方に用でね」

と、矢部は、左文字の顔を見るなりいった。

「そいつは、ご挨拶《あいさつ》だね」

左文字は、わざと、顔をしかめて見せた。

「まあ、嫉《や》きなさんな」

と、矢部は、笑ってから、史子に向って、

「例のダイイング・メッセージは、あの通りですか？　ゼロ計画《プラン》を阻止せよ。十月、きいた。

と、史子は、矢部に、コーヒーをいれてから、

「正確にはこうですわ。阻止してくれ。ゼロ計画《プラン》。そして、十月って」

「十月の次に、何かいおうとしたということは？」

「ええ。多分、十月何日と、正確な日付をいおうとしたんだと思います。あたしの耳には、十月までしか聞こえませんでしたけど、あの男の人の唇は動いていましたもの」

「ふーん」

「ゼロ計画に、何か心当りでもあるのかね？」

横から、左文字が口をはさんだ。矢部は、難しい顔で、宙を睨《にら》んでいたが、

「もし、このゼロ計画というのが、天下を震撼《しんかん》させるようなことだったら大変だからね。何か該当するものはないか調べてみた」

「それで、何かあったのかね？」

「正直にいえば、皆目、見当もつかん。範囲が広過ぎるからだよ。ゼロ計画とは、いったい何なのか」

矢部は、いったん言葉を切り、一つ一つ、指を繰っていった。

「銀行強盗なのか、過激派による大企業爆破なのか、要人誘拐なのか、それとも、どこかの会社の乗っ取りか、或《ある》いは、ひょっとするとハイジャック計画かも知れん」

「十月という日付が、決め手になるんじゃないかな」

「そう思って、十月中に何があるだろうかと、主な行事を、洗いざらい列挙してみた。十月何日かわかれば助かるんだがね。銀行強盗や、ハイジャックは、十月何日と限定できるものじゃないから、ゼロ計画が、もし、そうしたものだったら、お手あげだ。ところで、十月何日と決まっている行事の方だがね。どうしても、気になるのは、十月二十日に、三田《みた》首相一行が、東南アジア訪問に、羽田を出発することだよ」

「それを襲撃するのが、ゼロ計画だというのかい？」

「ゼロ計画《プラン》、十月二十日と、被害者がいいたかったのだとしたら、羽田襲撃計画に、ほぼ間違いないと思うね」

「ふむ」

「不賛成かい？」

「テレビで見る限り、首相一行の出発というのは、もの凄《すご》い警備じゃないか。一メートルおきに警官が立ってるようなもんだ。あんな場所で、首相一行を襲撃する馬鹿がいるとは思えんね。また、首相の東南アジア訪問反対のデモをやるというんなら、別に、いつものことだから、心配はいらんだろう」

「君はそういうが、今の社会というやつは、何が起きるかわからないんだ。妙なテレビタレントが、セスナで児玉《こだま》邸に突っ込んだんだって、われわれの予想を越えていたから、防ぐことが出来なかった。あんな馬鹿な真似《まね》をする人間がいるなんてことは、考えられなかったんだ」

「すると、首相一行が出発しようとする羽田空港へ、どこかの馬鹿が、セスナで突っ込むとでも思うのかい？」

「その可能性だって考えなければならないと思っている」

「そいつは、ご苦労だね」

左文字は、皮肉な眼つきをした。矢部は、顔をしかめて、

「君は反対かね？」

「それは、被害者が、どんな人間かによるね。ちょっと雰囲気《ふんいき》がおかしい男だったのなら、その仲間もご同様だろうから、あんたの意見に賛成するよ。被害者の身元はわかったのかい？」

「残念ながら、まだわからん。指紋をとったが、前科者カードにはなかったよ。年齢

は二十五、六歳。全体に花車《きやしや》な身体《からだ》つきで、色が白く、手の指も細い。年齢から見て、まず学生ではなさそうだし、肉体労働者とも思えん。まあ、インテリの部類の人間だろうね」

「身元を証明するようなものは、何も持っていなかったのかね？」

「何も持っていなかった。新聞に出ている通りだ。名刺も、身分証明書もね。背広にネームは入っていなかった。が、別に奇妙でもない。身分証明書を持たずに日常生活をしていることは、よくあるからね。私だって、非番の時には、身分証明書なんか持っていないし、背広も、吊るしを買っていて、ネームを入れたことがないんだ」

「しかし、新聞に顔写真が出たから、身寄りの者が名乗り出てくるんじゃないかね？」

「われわれも、それを期待しているんだがね」

「今までのところ、報告は入らずかい？」

「一人だけ、自分の蒸発した亭主じゃないかといって来た若い女性がいただけだ。遺体を見せたら、首を振っていたがね」

「あたしの聞いたダイイング・メッセージだけど、新聞に出ていなかったわ。マスコミには、警察が押さえたんですか？」

史子がきくと、矢部は、

「首相外遊のことがあるので、わざと伏せておいたんですよ。何かを企《たくら》んでいる連中がいるのなら、一網打尽にしたいですからねえ」

と、鼻をうごめかせた。

左文字は、そんな矢部の顔を見ながら、煙草に火をつけた。

「それで、僕たちに、何をさせたいんだい？」

「われわれに協力して貰いたいのだ。何しろ、被害者のダイイング・メッセージを聞いているのは、奥さん一人なんだからね」

「口封じの意味もあるんじゃないのかね？」

「え？」

「うちの奥さんが、例のダイイング・メッセージを、ペラペラ喋《しゃべ》り廻って、ひょっとすると、十月二十日に、羽田空港で首相が襲われるかも知れないといったら、大騒ぎになるだろうね」

「おい。冗談じゃないぜ」

「僕だって、別に、冗談でいってるわけじゃない。マスコミが喜びそうな話題だってことだよ。今の報道では、ただの殺人事件だがね。たとえ、クエスチョンマーク付きでも、首相襲撃計画ということになれば、マスコミは飛びついてくるからね。二、三十万は出るんじゃないかな」

「オーケイ。わかったよ。首相の外遊日程は変えられん。騒ぎになったら困るんだ。それに、ゼロ計画《プラン》というのは、首相の外遊とは、何の関係もないかも知れない。それなのに、大騒ぎになってしまったら、これもまずいからね。君のいう通り、ダイイング・メッセージは、黙っていて欲しいんだ。それに、協力もして欲しい」

「お役所というところは、いつもながら欲張りだねえ」

と、左文字が笑った時、彼の傍にあった電話が鳴った。受話器を取った左文字は、

「あんたにだ」

と、矢部に渡した。

矢部は、「うむ」「うむ」と、肯きながら聞いていたが、受話器を置くと、左文字に向って、

「あれから、二人の男女が、遺体確認に来たそうだ。いずれも、違うといって帰ったそうだがね」

「その一人一人について、身元を洗っているのかね？」

「どういうことだ？　それは」

「被害者は、ゼロ計画というダイイング・メッセージを残して死んだ。十中、八、九、彼には仲間がいて、仲間割れから殺されたと見るべきだ」

「名探偵さんよ」

「え？」

「われわれ警察だって、そのくらいのことは考えていますよ」

「じゃあ、その先も、当然、考えているんだろうねえ」

「その先？」

「仲間が一番恐れるのは、計画が洩《も》れることだ。被害者が、ゼロ計画《プラン》というダイイング・メッセージを残したことは、新聞にのらなかった。その点、仲間は、一応、ほっとしているだろうが、計画が重大なものであるほど、ひょっとしてと、疑心暗鬼にとらわれるものだ。とすれば、どうするか？　被害者の家族のようなふりをして、警察に様子を窺《うかが》いに来るんじゃないだろうか――」

「うむ」

と、矢部は、小さな唸《うな》り声をあげ、次の瞬間、

「失礼する」

と、そそくさと、帰って行った。

3

左文字は、椅子から立ち上り、窓際まで歩いて行って、窓の外を見下した。

三十六階からの眺望は素晴しい。遠く、富士山が、かすんで見える。だが、左文字は、富士山を見てはいなかった。

（ゼロ計画《プラン》）

と、口の中で呟《つぶや》いてみる。いったい、どんな計画なのだろうか？　まるで、雲をつかむような話だ。

「矢部さんのいうことが当っていると思う？」

と、新しいコーヒーをいれながら、史子が、左文字の背中に話しかけた。

「うむ」

左文字は、短く唸っただけだった。矢部と話していた時のおどけた表情は、その彫りの深い顔から消えてしまっている。

「十月二十日に、首相が羽田から外遊に出発する時、誰かが首相一行を襲撃すると思う？」

と、史子が、重ねてきいた。

左文字は、窓の外に広がる景色の中に、答えがあるかのように、じっと、眼を向けたまま、

「さっきもいったように、あの警戒厳重な羽田で、首相一行を襲撃する馬鹿がいるとは思えないな」

「じゃあ、ゼロ計画《プラン》って、何だと思う？　銀行強盗？　それとも、ハイジャック？」

「さあ。何だろう？」

左文字は、じらすように、わざとあいまいにいい、また、じっと、窓の外を見つめた。

「今日は、何日だったかな？」

と、左文字は、窓の外に眼を向けたまま、史子にきいた。

「十月六日、木曜日よ」

「すると、昨日は、十月五日だったわけだ」

「何を馬鹿なことといってるの」

「何故《なぜ》、あの被害者は、十月――といったんだろう？」

「決まってるじゃないの。十月の何日かに、ゼロ計画と呼ばれる事件が起きるから

よ。ね。わが君は、どうかしちまったんじゃないの？」

「だからおかしい気がするんだ」

「え？」

「すでに十月に入っていたのに、普通、十月何日というだろうか？　十月をつけずに、簡単に、七日とか八日とかいうんじゃないだろうか」

と、左文字は、いった。そういわれてみれば、不自然でないこともない。

「じゃあ、何故、被害者が、十月何日といったと思うの？」

「二つ考えられる」

「へえ」

「第一に、君が聞き違えたということだ」

「何ですって？」

「そう怖い顔をしなさんな」

「怖い顔なんかしてないわ。あたしの耳は、絶対に聞き違えなんかしないわ。運転免許を取る時の聴力検査にだって、一度でパスしたんですからね」

「それは、それは。五体満足な妻君を持って、僕は幸せ者だよ」

「茶化さないでよ。被害者が十月といったのは、絶対に確かなんだから、それにふさわしい理由を見つけて欲しいわね」

「第二。ゼロ計画《プラン》が、かなり早くから企画されていたということだ。例えば、九月中に、計画が完成されていたとする。その場合、十月何日かが実行日なら、翌月になるわけだから、正確に十月何日と唱える筈《はず》だ。十月何日決行。それが、彼等《かれら》の間の合言葉になっていたとすれば、死ぬ時、習慣的に十月何日といったとしても、おかしくはない」

「なんだ。そんなこと。当り前じゃないの」

「だから怖いんだ」

左文字は、振り返り、強い眼で史子を見つめた。史子は、夫が、急に怖い眼をしたので、ちょっと、ひるんだ顔になり、

「何が怖いの？」

「こうしている間にも、ゼロ計画《プラン》は、確実に進行しているということだよ。今もいったように、ゼロ計画は、九月以前に完成したと思わなければならない。そして、着々と進められているんだ。今、こうして君と話をしている間にもね」

「でも、そのゼロ計画が、いったい何なのかわからないんじゃ、手の打ちようがないわ。死んだ男の人の身元がわかれば、少しは手掛りになるかも知れないけど、それを

待っているわけにもいかないし――」

「何とか考えてみようじゃないか。人類の宝であるこの灰色の脳細胞を使ってだよ」

左文字は、自分の頭を指さした。

「O・K」と、史子は、肯いてから、貰い物のチョコレート・ボンボンを、自分の口に放り込んだ。

「でも、あんな短いダイイング・メッセージじゃあ、手掛りなしと同じことみたいだけど」

「チョコレートは、頭の回転を早くする働きがあったかねえ」

左文字にいわれて、史子は、ちらりとテーブルの上のボンボンケースに眼をやった。

「よしてよ。これでも、太り過ぎに気をつけて、なるべく甘いものは差し控えているんだから」

「じゃあ、口を動かさずに、頭を働かせよう。今一番知りたいことは二つだ。ゼロ計画の内容と、実施日時だ。内容については、全く手掛りがないから、日時から攻めてみようじゃないか」

「日時の方だって、手掛りがないのは同じことよ。十月中ということだけは、確かだけど。ああ、それに、十月五日以降であることも確かね。他に、日時は何もわからないじゃないの」

「そうでもないさ」

「何故？」

「被害者の行動をよく考えてみるんだ」

「被害者の行動ったって、公衆電話ボックスの傍で、いきなり、あたしに倒れかかって来て、ゼロ計画《プラン》を阻止しろ。十月——といい残して、あたしの腕の中で息絶えた。それが、彼の行動の全てよ」

「彼は、公衆電話ボックスの傍で死んだ。ということは、彼が、ゼロ計画を、そこから一一〇番で知らせようとして殺されたと考えられる」

「そのくらいのことなら、あたしは、あの瞬間に考えたわよ。他に考えようはないもの。ヘッポコ警部さんだって、きっと、そのくらいのことなら考えついていると思うけど」

「矢部警部は、なかなか切れる男だよ」と、左文字は、笑った。

「われわれの推理を、その先へ発展させようじゃないか。彼は、何故、公衆電話ボックスから、一一〇番しようとしたんだろうか？」

「決まってるじゃないの。ゼロ計画《プラン》を警察に知らせて、阻止するためだわ」

「しかし、それなら、近くの交番なり、警察署へ飛び込めばいいことじゃないかな。その方が、正確にゼロ計画が伝えられるし、仲間から殺される危険もなかった筈だ。あの公園にも、ちゃんと派出所があるのにね。彼は、何故、その、確実で、安全な方法をとらなかったんだろうか？」

「決まってるわ。彼は、警察に捕《つか》まりたくなかったからよ。もし、ゼロ計画がハイジャックだとしたら、彼は、やっぱり、ハイジャック未遂ということで逮捕されるじゃないの。新聞に写真も出てしまうわ。だから、彼は、電話で、警察に知らせようとしたのよ」

「まあ、そう考えるのが、まともだろうね」

「他に考えようはないわよ」

「ところで、君があの男だったら、同じようにしたかい？」

「え？」

と、史子は、戸惑った表情になって、

「あなたならどうしたと思う？」

と、逆にきき返した。

左文字は、ゆっくり、煙草に火をつけてから、

「一番安全な方法をとるね。裏切れば、仲間に殺される心配があるわけだから、まず逃げる。それも、遠くにだ。安全な場所に逃げてから、警察に知らせるね。そうだ。僕だったら電話は使わない。一一〇番は、必ず録音されるし、逆探知される恐れがあるからだ。だから、僕だったら、警察に手紙を書くね。手紙なら、いくらでも詳しく書けるし、筆跡をかくす方法は、いくらでもある。活字を切り抜いて貼りつけてもいいし、定規を使って書いてもいいし、或いは、邦文タイプで打ってもいい」

「あたしも、手紙にするわ。それが一番安全で、自由だもの。でも、被害者は、何故、そうしなかったのかしら？」

「問題は、そこだよ。被害者が、字を書けなかったとは思えない」

「彼はインテリだと思うわ。別に計画《プラン》という英語を使ったからじゃないけど、色が白く、指は細くて、どう見ても、肉体労働をしていたとは思えないもの」

「そんなら、まず身を隠し、おもむろに警察に手紙を書いただろうに、何故、あんな危険な手段を取ったのだろうか？」

「それはきっと、切羽つまっていたからじゃないかしら？」

「それさ！」

「急に大きな声を出さないでよ。びっくりするじゃないの」

「君のいう通り、被害者は、切羽つまっていたので、危険を承知で、一一〇番しようとし、仲間に刺されたのさ」

「でも、そうだとして、何がわかるというの？」

「被害者は、時間がなかったんだ。もし、ゼロ計画《プラン》が十月末に実施されるのだとしたら、僕たちが考えたように、彼は、まず身を隠し、それから警察に手紙を書いた筈だよ。だが、その余裕が、彼にはなかったんだ。つまり、ゼロ計画がさし迫っていることだよ。矢部警部は、十月二十日の首相の出発を考えているようだが、十月二十日なら、まだ十四日間、被害者が殺された日からなら十五日間の余裕があったわけだから、手紙を書いた筈だ」

「そうね」と、史子も、眼を輝かせた。

「どのくらい、切羽つまっていたと考えたらいい？」

「計算してみようじゃないか。身を隠すのに一日」

「うん」

「警察に手紙を書くのに一日」

「うん」

「速達にすれば、日本国内なら、だいたい翌日には着く」

「そこまではいいわ」

「とすると、四日間あれば、身を隠し、警察に手紙を書いて出せたことになる。一日余裕を見て、五日間としよう。被害者は、昨日、即ち十月五日、警察に密告しようとした。もし、五日以上の余裕があれば公衆電話で一一〇番はしようとしなかったろう。即ち、十月十日までの間に、ゼロ計画は実施されるということだよ」

「十月十日まで？」

史子は、壁にかかっているカレンダーに視線を走らせた。十月十日、月曜日だが、体育の日で、休日の印《しるし》がついている。

「今日を含めて、丸四日しかないわ」

史子が、怒ったような声でいった時、電話が鳴った。

4

電話は、矢部警部からだった。受話器を取った左文字に向って、

「君のいった通りだったよ。名乗り出て来た人間の中で、若い女が、ニセの住所を書

いていったことがわかったよ。名前も多分、偽名だろう」

「そいつは面白いな。どんな女だい？」

「応対したのは、井上《いのうえ》刑事だが、彼の話だと、年齢二十五、六歳で、君の奥さんに似た美人だそうだ」

「じゃあ、きっと、気が強いよ」

と、左文字は、笑ってから、

「名前は？」

「こちらの書類に書き込んでいった名前は、池西亜矢子《いけにしあやこ》だ。住所は、練馬区石神井九の××番地となっているが、こんな番地は実在しなかった。電話番号も書いてあるが、これもでたらめだったよ」

「池西亜矢子？」

「警部さん」

と、横から、史子が、送話口に向って話しかけた。

「今NTSテレビが、毎水曜日の午後八時から放映してる『愛と悲しみの祭り』というメロドラマが、若い女性の間で評判なんですが、ご存知かしら？」

「残念ながら、見たことがありませんが、それがどうかしたんですか？」

「そのドラマのヒロインの名前が、池西亜矢子」

「え？」

「きっと、その女性も、あのメロドラマのファンに違いないわ」

「被害者の遺体は、もう解剖したのかい？」

と、左文字がきいた。

「ああ、ついさっき、解剖の報告が届いたところだ。死因は、背後からの刺傷だが、これは、予期された通りで、どうということはない。数年前に、腎臓を手術して、右の腎臓を除去しているが、健康体だったということだ。奥歯には金をかぶせてあったので、都内の歯科医に照会しているが、この線から、身元が割れる可能性もある」

「健康体だったというのは、本当だろうね？」

「医者は、特別頑健ではなかったが、医学的に見て、健康体だったといっているよ。それがどうかしたのか？」

「ひょっとすると、不治の病にかかっていたんではないかと思ってね。そうだとすると、少し事情が変ってくるかも知れない」

「事情って？」

「ゼロ計画《プラン》が、いつ実行されるかということさ。僕と家内は、仲間を裏切って密告しようとした被害者の心理について考えていたんだが、彼が不治の病にかかっていて、自棄《やけ》気味になっていたとしたら、多少の修正を必要とするからね」

「何をいっているのか、よくわからんが？」

「僕たちの計算では、ゼロ計画《プラン》は、十月十日までの間に実行される」

「何だって？」

電話の向うで、矢部警部の声が甲高《かんだか》くなった。

「今日を入れて、あと五日間の間に、ゼロ計画は実行されるよ」

「何故、十月十日以内とわかるんだ？」

「計算したのさ。その計算の方程式は、面倒なので説明しないが、僕は、八十パーセントの確率で、この計算は正しいと信じているんだ」

「じゃあ、十月十日までに、いったい何が起きるというんだ？」

「その方の計算は、まだ出来ていないからわからないね。ところで、池西亜矢子なる女性は、警察にやって来て、何を聞いていったんだい？」

「井上刑事を連れて、これからそっちへ行くよ」

「何故？」

「彼が、その女性と応対しているからだし、私は、君の計算の根拠を知りたいからね」

　それだけいうと、矢部は、さっさと向うから電話を切ってしまった。左文字が、史子と顔を見合わせて苦笑していると、矢部は、若い井上刑事を連れて、パトカーでやって来た。

　井上刑事は、若いが、馬鹿ではない。何よりも、記憶力のいい男だった。

　井上刑事は、自分が描いたという、その女の顔のスケッチを、左文字と史子に見せてくれた。コピーされたものである。

「確かに、なかなか美人だわ」

　史子は、まだ、印画紙の匂いのするスケッチを、かざすように見た。

「それに、頭も良さそうだわ」

「確かに、頭のいい女性でした」と、井上刑事は、生真面目にいった。

「話す言葉の端々にも、頭の良さが出ていました。才媛《さいえん》という感じでした」

「その才媛が、何といってやって来たのかね？」

　左文字が、井上刑事にきく。

「新聞にのっていた男というのが、行方不明になっている兄のような気がするといってやって来たんです」

「なるほどね。それで？」

「遺体を見せましたよ」

「そしたら？」

と、史子が、膝を乗り出すようにしてきいた。

「兄によく似ているが違うような気もするといいましてね。所持品を見せてほしいといいました。それで、被害者の所持品を見せました」

「それで？」

「実に丁寧に、一つ一つ見てから、どうも、兄とは違うようですといって、帰って行きました。犯人の一味だとわかっていたら、あの時、逮捕するんでしたが」

「面白い」

と、左文字が、ニッコリと笑った。

矢部警部が、変な顔をして、

「どこが面白いんだ？　こっちは、犯人の一味を逃がして、がっかとしているというのに」

「そうでもないさ。ひょっとすると、その女を逃がしたのは、今度の事件にとって、プラスかも知れないと、僕は思うね」

「馬鹿なことをいいなさんな」と、矢部は、顔をしかめた。「この女を捕えておけば、ゼロ計画《プラン》について、何かわかったかも知れんのだ。逃がしてしまったおかげで、ゼロ計画について、皆目、見当もつかん。君は、十月十日までに実行されるだろうと断定しているが、それだって、所詮は推測に過ぎんのだからな」

矢部は、惜しいことをしたと、繰り返した。

左文字は、外国人がよくやるように、人差指を、顔の前で左右に振って、

「そうとも限らんよ。第一、彼女を逮捕する理由がないじゃないか。偽名を使った、ニセの住所を申告したといっても、それだけじゃあ、逮捕はできないだろう？　犯人の一味という証拠もないし――」

「しかし、何もない人間なら、嘘をつく必要はない筈だ」

「その通りさ。僕も、彼女が、犯人の一人と思う。しかし、証拠がなくて逮捕できないのなら、むしろ、泳がしておいた方がいいんじゃないかな」

「泳がすといったって、尾行はついていないんだ。何処《どこ》へ消えてしまったかもわからないんじゃ、彼女から、仲間をたぐるわけにもいかん」

「まるで、僕が怒られているみたいだな」と、左文字は、肩をすくめた。

「僕がいうのは、その女のおかげで、いくつかのことが、推測できるから、マイナスばかりでもないということだよ。しかも、彼女は、そのことに気付いていないのが、こちらに有利な点だ」

「もって廻ったようないい方だが、彼女が来たことで、何がわかったというのかね?」

「じゃあ、警部は、彼女が現われたことで、何もわからないというのかね?」

「何もわからんとはいっておらん。犯人たちの中に、若い女が加わっていることはわかったよ」

「それだけ?」

「他に、何がわかったというのかね?」

「彼女が、警察にやって来た事情を考えてみようじゃないか」

「何故来たかはわかってるさ。被害者が、ゼロ計画について、どこまで喋ってしまったか、警察が動き出しているかどうか、それを調べに来たに決まっている。他に考えられるかね?」

「問題はそこさ。仲間の一人が、密告しようとしたので殺した。が、彼は、息のある中《うち》に、僕の家内に助けられた。そのあと、すぐ死んだが、何を喋ったのかわからない。ひょっとすると、ゼロ計画《プラン》の全てを喋ってしまったかも知れない。計画の内容だけでなく、仲間の名前も、喋ってしまったかも知れない。新聞には何も出ていないが、警察は、わざと伏せて、罠《わな》を張っているのかも知れない。犯人たちにしたら、当然、そうした疑心暗鬼に捉えられた筈だよ。それなのに、彼女は、危険を承知で、様子を探りに来た。何故だろう？」

「もちろん、警察が、どこまで知っているかを調べるためだろう。彼女が、被害者の所持品を熱心に見ていったのは、そのためだった筈だ。所持品の中に、ゼロ計画を示すようなものがあったら大変だと思ったんだろうね」

「それは、あまりにも常識的な考え方だよ。それより一歩奥へ踏み込んで、彼女や、その仲間の心理になって考えてみることが必要だと思うんだよ」

「どういう風にだね？」

「今もいったように、彼女は、大変な危険をかえりみず、警察に様子を窺いに来た。現実には、警察はゼロ計画の詳細を知らず、危険は少なかったわけだが、彼女やその仲間から考えたら、危険この上ない賭けだった筈だよ。下手をすれば、彼女だけでなく、芋づる式に全員が逮捕されてしまう危険があったからだ。それにも拘《かか》わらず、彼女は、警察にやって来たんだ。このことを、よく考えてみようじゃないか」

左文字は真剣な眼で、矢部を見、他の二人を見た。

「安全第一で行くのなら、いったん計画を中止して、様子を見ることだ。何もせずに、じっと息をひそめて、警察の動きを見ていればいい」

「そうね」と、史子は肯いた。

「あたしだったら、ゼロ計画をご破算にして、全く新しい計画を作るわ。それが一番安全だもの。これなら、ゼロ計画が警察に洩れてしまっていても大丈夫だし、わざわざ、警察に顔を出して、ゼロ計画が知られてしまったかどうか、様子を窺う必要もないんじゃないかしら?」

「だが、犯人たちは、そうした安全な方法を取らなかった」

「何故だ?」

矢部警部が、噛《か》みつくような顔できいた。

「考えられることは、一つだ」と、左文字はいった。

「犯人たちのゼロ計画が、訂正のきかないものだということだよ」

「そこを詳しく説明してくれ」

「例えば、犯人たちが、ダイヤモンドの強奪を計画しているとする。通俗的だが、わかりやすいので、ダイヤモンドにしたんだがね。十月何日かに、世界に一つしかないような大きなダイヤモンドが、東京のある宝石店で展示される。ゼロ計画《プラン》は、そのダイヤモンドを強奪することだとすると、展示される日はたった一日だし、そのダイヤは、二度と日本に来ることがない。こんな状態の場合、日延べは絶対に出来ない。その日一日しかチャンスがないからだ。それに、他のダイヤモンドでは意味がないとすれば、計画の変更も出来ない。危険とわかっていても、ゼロ計画を実施せざるを得ないわけだ。せめて、警察の動きでも知りたいと考え、彼女が、警察に現われた。僕は、こう考えたんだがね」

「面白い。が、やはり、君の推測でしかないだろう」

「ああ。その通りだ。だがね。今のわれわれには、推理でしか、犯人に立ち向うことは出来ないことも事実なんだ」

左文字にしては珍しく、険しい調子でいった。

矢部は、びっくりしたような眼になって、左文字を見た。

「わかった。確かに、君のいう通りだ。それで、君の推理の結果は、いったい、どういうことになるんだね？」

「ゼロ計画が実施されるのは、前にもいった通り、十月十日までの間。内容は、変更や訂正のきかないことだ。だから、いつ実行しても同じ平凡なハイジャックや銀行強盗などは、ゼロ計画ではあり得ない。ハイジャックでも、十月七日のニューヨーク行のＪＡＬに、政府の要人なり、外国のＶ・Ｉ・Ｐなりが乗っていて、その人間がハイジャックの目的だった場合には、ゼロ計画たり得るんだ。銀行強盗でも同じことだ。今日から十月十日までの間に、そうした特定の事例があるかどうか調べあげられないか？　もし、それが出来れば、われわれは、ゼロ計画の内容を知り得るかも知れないんだが」

「よし。何とかやってみよう。調査は、東京都内だけでいいかな？　それとも、日本全国にわたった調査が必要かね？」

「東京周辺に限定していいと思う」

「何故だい？」

と、矢部がきくと、左文字は、頭をごしごしかいて、

「日本全国の調査を、十月十日までに出来るかね？　いや、ゼロ計画を、明日にも実行されるかも知れないんだから、出来れば二十四時間以内にすませたい。出来るのかね？　別に、警察の能力を疑うわけじゃないが」

「確かに無理だな」

と、矢部は、腕を組んで、小さな唸り声をあげた。

矢部は、頭の中に、日本の地図を思い描いた。日本全体となったら、過激派の原子力発電所の襲撃だって、検討しなければならないだろう。そうなったら、警察の全力をあげたところで、二十四時間以内の調査完了は、到底、不可能だ。

「東京に限定していいと思うね」と、左文字がいった。

「本当に大丈夫？」

史子が、不安顔できいた。

「大丈夫だと思うよ」

「日本全国じゃあ、調査が不可能だから、仕方なく、東京に限定したんじゃないの？」

「それもあるが、僕は、ゼロ計画《プラン》は東京だと確信しているんだ。ゼロ計画が切迫していることは、前にいったね。とすれば、犯人たちは、すでに、実行する場所に集まっている筈だと思うのだ。九州でゼロ計画が行われるのなら、九州に集合している筈だよ。その計画が、難しいものであればあるほど、早くから現場に集まっている筈だ。ところが、グループの一人が、東京の真ん中で仲間に殺され、また、犯人の一人が、新宿署へ顔を出していることを考えると、ゼロ計画の舞台は、東京の可能性が九十パーセントはあると信じているんだ」

「よし。これからすぐ、全力をあげて調べてみる」

矢部警部が、勢い込んでいった。が、左文字は、冷静な眼でちらりと、腕時計を見た。

「さっきもいったように、二十四時間が勝負だと思う。今が午後三時だから、明日の午後三時までに調査をすませなければならない。今夜は、徹夜だな。美味《うま》いコーヒーをいれてくれよ。インスタントでないやつをね」

「それはいいけど、二十四時間以内に、犯人たちが行動してしまったらどうするの？」

史子がきくと、左文字は、ちらりと宙に視線を走らせて、

「そうなったら、第一段階は、われわれの負けさ」

5

矢部警部は、勇躍して、捜査本部である新宿署に戻ったが、いざ捜査に取りかかってみると、その範囲の広さに辟易《へきえき》した。

主な宝石店だけでも、何十店とある。それに、どんな宝石が入るかということはな

かなか喋りたがらない。しかも、十月七日から十日までの間に、二つの宝石店が、デパートとホテルで、それぞれ、宝石展を開くことがわかった。

銀行も多い。日本の銀行だけではない。世界各国の主要銀行の支店が、東京に集まっている。日本の主要銀行の支店も、各区に数店はあり、その一つ一つの扱う金額が大きく、犯罪者の興味を十分に引きそうである。

十月十日までに、特に現金が多く集まる時がないかを聞くのだが、その返事も、なかなか、はっきりしたものは貰えなかった。

大企業の本社も、東京に集中している。犯人たちの目的が、金や宝石でなく、大企業への襲撃だったら、これも無視できない。一つ一つの会社に電話をかけ、十月十日までに、何か事業計画の変更とか、重役会議が行われることがないかを聞いてメモしていく。

誘拐や、狙撃の対象になりそうな重要人物も東京に集まっている。

十八日まで国会が開かれているので、首相をはじめとする閣僚は、東京にいるし、当然、野党の党首たちも、在京中だ。

各国の大使も、東京にいる。

十月八日午後二時三十分、オーストラリア副首相来日予定。

十月九日午後四時、ソビエト漁業相来日予定。

この二つも、無視できない。

「こいつは大変だぞ」

と、矢部は、電話で、左文字にいった。

「君のいう二つの条件に合うやつだけでも、大学ノートに一冊分は楽にあるよ」

「仕方がないさ。その一つ一つをチェックしていくんだ。コピーを取って、こちらにもくれないか。僕たちも検討してみる」

「井上刑事に持たせてやるよ。だがねえ。これだけ該当するものがあると、どれがゼロ計画の対象になっているのか、皆目、見当がつかん」

「いや。その中には、消去できるものが、いくつかある筈だよ」

と、左文字はいった。

三十分後に、井上刑事が、コピーしたものを、左文字探偵事務所に持って来た。

矢部が電話でいった通り、コピーされた紙には、合計、十六もの事例が書き並べてあった。それを見て、史子が溜息《ためいき》をついた。すでに、午後七時を過ぎ、夜の闇《やみ》が、事務所のある超高層ビルを包んでいる。

「あなたが設定した二十四時間の限度まで、あと、二十時間しかないわよ。その間に、どうやって、この中から、ゼロ計画の対象を見つけ出すの？　どれも、ゼロ計画の対象になりそうだけど」

「弱気になったら駄目だ。とにかく、一つ一つ検討して消していくんだ」

左文字は、コピーを壁に貼りつけ、その文字を睨《にら》んだ。

「時間がないから、少し大胆に消していこう。多少の危険は仕方がない。まず、十月九日のソ連漁業相来日を消そう」

「何故、これがゼロ計画に関係ないと思うの？」

「日ソの間の二百カイリ問題は、だいたい解決してしまっているからね。領土問題が残っているが、漁業相を狙撃したって、解決がつかないことは、反ソ感情の強い人間にだってわかっている筈だ。同様な理由で、オーストラリア副首相の来日も、オミットできる」

「でも、誘拐の対象にはなり得るわよ。国際的な反響を恐れて、政府は、いくらでも身代金を払うんじゃないかしら？」

「確かに、君のいう通りだ。だが、十一月になると、上旬に、アメリカ副大統領が来日することが決まっている。誘拐して、政府に身代金を要求するなら、現在の日米関係から考えて、こちらの方が有効だよ。それに、犯人たちが、全員日本人としての話だが、外国人というのは、誘拐しにくいんじゃないかな。誘拐したあとの処置に困るんじゃないかな」

「そういえば、日本じゃあ、外国人を誘拐した話はあまり聞かないわね。誘拐犯も外国人コンプレックスを感じているのかも知れないわね」

「だから、狙撃しかないわけだが、現在の国際情勢から考えて、まず、あり得ない」

「いいわ。その二つは消しましょう。それでも、まだ十四もあるわ」

「次は、二つの宝石展示会だ。時間に余裕があれば、それも要注意だが、今は、一つにしぼらなければならない。だからこれも消してしまおう」

「でも、どちらとも五年に一度の大展示会が宣伝文句で、時価一億円、二億円の宝石がいくつも並ぶらしいわ。それでも、消去してしまうの？」

「イエス」

「何故？」

「理由は一つしかない。ゼロ計画《プラン》を警察に知らせようとして殺された被害者は、二十五、六の青年だったからだよ。一時にはせよ、ゼロ計画という犯罪計画に参加したところをみれば、屈折した精神の若者だ。そんな若者が、金持ちにしか用のない高価な宝石が盗まれるからといって、命がけで密告するだろうか？　むしろ、どこかに身を隠して、ニヤニヤ笑いながら見守っているんじゃないかな。彼が命がけで密告しようとしたのは、ゼロ計画の実行日が差し迫っていることの他に、人命に拘わるので、見過ごせなかったからと考えたんだ」

「いいわ。賛成するわ。そうなると、銀行襲撃も消えていいわね。それから、美術の秋で、名画の展覧会が五つもあるけど、これも、消せるわ」

「被害者が画家志望の青年だとすると、事情は変ってくるが、そこまで考える必要はないだろう」

「これで、大部分消えてしまうわ。残るのは、大企業本社の爆破か、政府要人の暗殺或いは誘拐しかなくなるわ。でも、このコピーに注記がしてあって、大企業の事業、政府要人の日常にも、今日から十月十日までの間、いつもと違うことはないとなっているわ。そうだとすると、ゼロ計画が、十月十日までに行われる必然性が消えてしまうけど」

「電話して、矢部警部に確かめてくれ」

と、左文字はいい、史子が、電話している間、彼は、自分でコーヒーをいれた。

受話器を置いた史子が、左文字に向って、首を振って見せた。

「大企業の本社で、十月十日までに特別の催しをするところはないそうよ。それから、現在国会開会中で、首相以下各閣僚の行動は型にはまったものですって。二十日から、首相一行が、十二日間の東南アジア訪問に出発するけれど、国会開会中の行動は、いつものそれと全く変らないそうよ」

「コーヒーでも飲めよ」

左文字は、自分がいれたコーヒーを、史子の前に運んでやった。

「そのあとで、もう一度、じっくり検討してみようじゃないか。まだ、時間はあるいやある筈だ」

壁にかかっている電子時計は、午後九時三十二分を指している。

コーヒーを口に運びかけた左文字の胸を、ふと、微《かす》かな不安がよぎった。

(本当に時間があるのだろうか?)

第二章　第一段階

1

神崎《かんざき》の手が背中を滑っていくにつれて、千津子《ちづこ》は、裸の身体《からだ》を縮めていった。猫のようにしなやかな身体をしている。

「若い身体だ」

と、神崎が、確認するように呟いた。彼は、いつも、千津子を抱く時、自分の四十五歳の肉体と、二十五歳の彼女の肉体を比較してしまう。

身長百七十センチ、七十六キロ。明らかに太り過ぎだ。自分が医師だから、それが心臓に負担をかけ、心臓肥大を起こしているのをよく知っている。コレステロール値三百七。中性脂肪三百五十七。身体に脂肪がたまり、このままでいけば、動脈硬化がすすみ、いつか、脳溢血《のういっけつ》か、心不全を起こすに違いない。

一言でいえば、もう若くはなく、中年だということなのだ。

そのこと自体、別に怖くはない。誰だって、中年になり、老年になり、そして死んでいくのだ。医者の神崎にとって、それは、冷厳な医学的事実だからだ。

問題は、華やかな中年を迎えられるか、しょぼくれた中年を迎えるかだ。

神崎は、三年前に新しく建設された国立中央病院の内科部長だった。

鉄筋八階建、屋上には、緊急用のヘリポートもある日本一の綜合病院である。その輝ける内科部長だった。輝ける中年だったのだ。

国立中央病院の内科部長なら、誰だって尊敬してくれる。有名政治家やタレントなども、彼のところに診察を受けに来たし、製薬会社は、薬を売り込むために、こぞって、神崎に接触してきた。

金が面白いように入って来た。それが危険な金だと気がつかなかったわけではない。ただで大金をくれる人間はいないとわかっていながら、神崎は、華やかな生活に溺《おぼ》れていった。

名門出で、華やかなことの好きな妻の章子《あきこ》も、夫が収入以上の生活をしていることに疑いを持つどころか、それを喜んだ。

製薬会社から、いったいどれだけの金や物品が贈られたか、神崎は覚えていない。金銭感覚が麻痺《まひ》してしまったのだ。製薬会社からだけではない。設備と医師の充実している中央病院には、誰もが入院したがったが、ベッドの空きは、なかなかない。神崎は、有名人や金持ちから、何十万、時には百万を越える金を受け取って、ベッドを世話したりもした。

一年前に、全てが発覚した。

本来なら、医師の資格を剝奪《はくだつ》されるところだが、神崎の兄が弁護士の長老で、手を廻してくれて、それだけはまぬかれたが、小さな島の診療所行を命ぜられた。

東京伊豆七島のK島である。

人口七百八十六人。ぐるりと歩いても、三時間あれば一周してしまう小さな島だった。

身から出たさびだった。

妻の章子は、K島行を拒否し、彼から去って行った。

島へ、神崎と同行したのは、中央病院で関係の出来た若い看護婦の森《もり》千津子だった。

島の小さな診療所には、医者は神崎一人、看護婦も千津子一人だった。

一応、東京都に属していても、島は、東京から百八十キロ離れた離島である。船は一日一便しかないし、冬期に海が荒れれば、その船も欠航することがある。

辺地医療に献身しようという医師なら我慢も出来るが、国立中央病院の内科部長にまでなった神崎には、島の診療所の毎日は、地獄と同じだった。

島に来て四、五日は、磯釣りを楽しむことも出来た。が、それも、すぐあきてしまった。娯楽というものの殆《ほとん》どない島での生活は、神崎のいらだちを、癒《いや》しようがなかった。

兄に、中央病院への復帰を頼んでもみた。が、少なくとも数年は、島の診療所で働けという返事がはね返って来た。

神崎は、その答えに絶望した。二十代の時の数年ではないのだ。四十五歳の彼は、五年待てば五十歳になってしまう。二、三年でも待てなかった。

神崎は、崖に立って海を見つめながら、島の露天風呂で身体を休めながら、時には、若い千津子の身体を愛撫しながら、ある計画を頭に思い描いた。

その計画は、徐々に大きく広がり、形を整えていった。

〈ゼロ計画《プラン》〉

と、神崎自身が、ひそかに名付けた計画は、もし成功すれば、巨万の富が手に入る筈だった。彼は、それを持って、南米へ行く積りだった。

ゼロ計画を実行するためには、彼の命令どおりに動く何人かの人間が必要だった。

月一回、東京に出張の名目で行くたびに、神崎は、メンバーを探し、集めた。

ゼロ計画に、善人は必要なかった。度胸のすわった、頭の切れる、腕の立つ人間が必要だった。悪人でもいいのだ。

五人の男が集められた。自衛隊崩れもいれば、一匹狼のヤクザもいた。全学連崩れもである。

その五人に、神崎と千津子を加えて合計七人。

縁起のいい人数だと思っていたのだが、十月五日、最後に東京に集まったとき、その中の一人が、急に弱気になって逃げ出した。メンバーの一人が、警察への密告を恐れ、追いかけて行って、背中から刺した。

翌六日の午前中に、千津子が、危険を承知で、警察に様子を窺いに出かけて行き、午後、全員が、船でK島へ渡った。

神崎は、ゼロ計画を実行することに決めていた。

十月七日午後二時。明日の午後二時。

それが、ゼロ計画の決行日で、変更の出来ない日時だったからである。

神崎は、ふいに、身体をまるめている千津子の柔らかい太股《ふともも》の内側を、思い切りつねった。

「あッ。痛いッ――」

と、千津子は、裸身をくねらせ、上眼遣いに、神崎を見た。

その眼が、早くもうるんでいる。千津子は、マゾっ気《け》の強い女だった。傲慢で、野心家の神崎には、うってつけの女だったかも知れない。

2

「しゃぶるんだ」

と、神崎は、自分の両足を広げて、命令した。

千津子が、いやいやをするように、首を小さく左右に振った。それが、媚態だということを、神崎は知っている。神崎は、彼女の顎《あご》に手を当てて、顔を上げさせておいて、平手で、ぴしゃりと頬《ほお》を叩いた。

叩かれる痛さよりも、叩かれた時の音に興奮してしまうと、千津子はいう。

今も、「あッ」と、小さく悲鳴をあげながら、身体をかえって、神崎に押しつけてくるのだ。彼が、彼女の股間に指先を滑り込ませると、思った通り、じっとりと恥毛まで濡れている。指の腹で二、三回こすりあげると、早くも、千津子は眉を寄せて喘《あえ》ぎはじめ、自分から、神崎のものを口に含んだ。あとは、二人で、裸のけものになるだけである。

明日には、命がけのゼロ計画が実行される。成功すれば、多分、億単位の金が手に入るだろうが、失敗すれば、刑務所行だ。下手《へた》をすれば、射殺されるかも知れない。その緊張感が、神崎と千津子を、一層激しい愛の行為へと駆りたてた。

何どきか後、まだ余韻を楽しむかのように、布団の上で身体を小刻みにふるわせている千津子の裸身に毛布をかけてやってから、神崎は、裸の上にガウンを羽おり、懐中電灯を持って診療所を出た。

この島の西海岸に、天然の露天風呂がある。温泉好きの神崎は、島へ来て唯一の楽しみが、人気《ひとけ》のなくなった夜半、黒々と広がる太平洋を眺めながら、温泉につかることだった。

すでに時刻は、十二時を廻っている。街灯のない海沿いの道は暗い。懐中電灯で足元を照らしながら、神崎は、温泉に向って歩いて行った。

七、八分も歩くと、島民が「海亀温泉」と呼ぶ天然風呂に着く。神の使いの海亀が教えてくれたといわれる温泉である。

海中から、八十度近い熱い湯が湧いている。それを、海水でうすめながら入るのだ。含鉄強食塩泉で、島民によれば、神経痛、婦人病によくきくのだという。

神崎は、ガウンを脱ぎ捨て、懐中電灯を大きな石の上にのせて、温泉に大きな身体を沈めた。眼を閉じると、波の音だけが聞こえてくる。

(明日こそ!)

と、口の中で呟いたとき、近くの岩の陰から、ざあッと湯音を立てて、黒い人影が立ち上った。

「やあ、先生」

と、その男がいった。

神崎は、はっと眼を開け、じっと相手を見すえてから、

「君か」

と、いった。

仲間《メンバー》の一人の平松峰夫《ひらまつみねお》だった。

航空自衛隊でヘリコプターの操縦をしていた男である。腕のいい操縦士だったのだが、休暇で外出中、酔いにまかせて、女子大生を強姦してしまい、それが原因で、自

衛隊を追い出された男だった。

三十二歳のがっしりした身体を誇示するように、立ったまま、神崎の傍へ歩いて来た。

湯の中に仁王立ちになり、掛声をかけて、両腕を振り廻している。

「他の連中はどうしているんだ？」

と、神崎は、腕を伸ばし、ガウンのポケットから、煙草とライターを取り出しながらきいた。

平松は、ひとしきり体操めいたものをやってから、ざぶりと、湯に身体を沈めた。

「加藤《かとう》と青木《あおき》の二人は、竹谷《たけや》からピストルの撃ち方を習っていますよ」

と、平松はいい、太い腕を伸ばして、ひょいと、神崎の煙草をつまみあげた。

二本の煙草の火が、青白い月の光の中で、赤く光った。

「君は教わらないのか？」

「おれは、自衛隊で、いやというほど撃たされましたからね。ピストルも、ライフル銃も、機関銃もさ」

「私は銃を撃った経験がないんだが、竹谷が持って来たピストルで、人が殺せるものかね？」

「あれは、二丁がS&Wの三八口径リボルバーで、あとの二丁が、ベレッタの二二口径自動拳銃ですからね。三八口径の方なら、一発で相手が死ぬでしょう。二二口径のベレッタは、よほど当り所がよくないと、相手を負傷させるだけですよ」

「どうも私は、竹谷という男が信用できないんだがね。君はどう思う？」

「しかし、彼が、ヤクザ者だから、四丁ものピストルを手に入れられたんでしょう？」

「ああ、そのために、竹谷をメンバーに入れたんだが、ヤクザは、結局はヤクザだ」

「ふふふ」

「何がおかしいんだ？」

「高田《たかだ》がおれたちを裏切ろうとした時、口を封じてくれたのは、竹谷ですよ。あの時は、竹谷の度胸に感謝したんじゃありませんか？」

「確かにそうだが、彼は、仲間だって簡単に殺しかねない男だということも確かだ」

「それはいえるかも知れませんね。だが、おれは、竹谷より、学生運動家上りの加藤と青木の二人の方が信用できないと思ってますよ」

「あの二人はインテリだ」

「そのインテリってやつが、信用できないんですよ」

「どんな点がだね？」

「いよいよ明日だっていうのに、あの二人は、食事をしながら、こむずかしい本を読んでいやがった。横文字の入った本をですよ」

「それが、信用のおけない理由なのかね？」

神崎は、湯から上って、裸のまま、傍の岩に腰を下した。海を吹き渡ってくる夜風は冷たいが、ほてった肌には心地良かった。

「一匹狼のヤクザの竹谷は、金が欲しい一心で、メンバーに加わっている。それが、はっきりしているんで、かえって信用がおけるんですがね。加藤と青木の二人は、何を考えているのかわからないんで、信用がおけないんですよ」

「いや、あの二人だって、金が欲しいのさ」

と、神崎は、二本目の煙草に火をつけた。

「それに反権力志向の持主だし、頭も切れるから、私は、信用しているんだがね。それより、竹谷が、ピストルをぶっ放して、旅館の人を驚かしたりしないだろうね？」

「あいつはプロですよ。意味のないことはやらない男だ」

「君は、竹谷と気が合うようだな？」

「性格が似てるんじゃないかな。そこへいくと、他の二人は、どうも気が合わなくて。第一、若いくせに、あごひげなんか生やしているのが、気にくわなくてね」

平松は、五分刈りの頭を、湯の中に突っ込むようにして、ごしごし洗った。

平松は、自衛隊を追放されたのだが、その態度に、自衛隊員の尻尾《しっぽ》を残しているようなところがあった。七年間も自衛隊にいたから、習い性となっているのだろう。

五分刈りの頭もその一つだが、妙に几帳面《きちょうめん》なところも、その名残《なご》りだろうし、一匹ヤクザを自称する竹谷と気が合うのも、そのせいかも知れない。

「もう旅館に帰って寝た方がいいな」

と、神崎は、平松にいった。

「明日は、君の腕が頼りだからね。念のために、もう一度確かめておくが、君は、われわれが明日乗るヘリコプターを操縦できるんだろうね？」

「おれは、航空自衛隊で、七年間ヘリを動かしていたんですよ」

「しかし、航空自衛隊で使っているヘリコプターは、アメリカ製だろう？」

「そうです」

「だが、明日われわれの乗るヘリコプターは、確かフランス製だよ」

「ええ。知っていますよ。ちゃんと調べましたよ。アルウェットⅢ型。フランス製。エンジンは八七〇馬力、一基。ローター直径一一メートル。ローター翅数三。機体の全長一〇・一七メートル、全高三メートル。最大速度二一九キロメートル、航続距離四八〇キロメートル。そして、七人乗り」

平松は、すらすらと宙《そら》でいった。

「よく覚えているね」

「明日、命を預けることになるヘリですからね。よく調べましたよ。操縦のシステムはアメリカのヘリと同じだから、大丈夫です。おれを信用して欲しいな」

「わかった。君を信用しよう」

「そうして貰いたいですね」

平松は、ニッコリ笑って、立ち上ったが、思い出したように、

「明朝早く、四人で釣りに出る予定です。旅館で、漁船を一隻用意して貰いましたから」

「釣りに？」

神崎が、びっくりしてきくと、

「ピストルの試射ですよ。実際に撃ってみないと、感じがつかめませんからね。沖へ出て、五、六発撃って、すぐ戻ってきます。先生も、一緒にどうですか？」

「いや、私はいい。とにかく、明日の計画は、時間通りに行われなければ失敗するん

だ。午前九時には、旅館へ戻っていてくれなければ困る。

「八時には戻ってますよ」

と、平松は約束した。

3

翌十月七日。

神崎は、夜明け前に眼をさましてしまった。

隣りの布団では、千津子も目を覚まし、大きな眼で神崎を見ている。

「いよいよ、今日だ」

と、神崎は、千津子にいってから、診療室におりて行き、窓のカーテンを開けた。

東の空が、かすかに明るくなっている。晴れてくれそうだ。ガラス戸を開けて、診療所の外へ出ると、海岸に向って歩いて行った。千津子も、ネグリジェの上にガウンを羽おって、彼の後について歩いて来る。

海岸に出ると、太陽が昇り始め、海面が輝いて来た。

「風は強くない」

神崎は、海へ眼をやったまま、千津子にいった。彼が一番心配していたのは、当日、風が強くなることだった。雨でもヘリコプターは飛べるが、強風になると、飛行不能になるからである。そうなったら、約半年かかって練りあげたゼロ計画《プラン》は、中止せざるを得ない。

「ヘリコプターが飛べるわね」

と、千津子もいった。

「大丈夫だ」

神崎は、千津子を促して、診療所へ引き返すと、「本日休診」の札をかけた。一ヵ月前から、十月七日は休診にしたいと村役場に通知してあった。その代りに、休診の日も休まずに診療をして来たのだ。

千津子が朝食を作ってくれたが、さすがに、緊張のために、食べる気になれず、コーヒーだけ、五杯もがぶ飲みした。かえって、千津子の方が、平然と、朝食をとった。いざとなると、女の方が、度胸がすわるのかも知れない。

午前九時に、旅館に泊っていた平松たち四人がやって来た。

彼等を診療所に入れると、神崎は、すぐカーテンを閉めた。

四人の中では一番若い二十五歳の青木卓《すぐる》が、

「ピストルが、あんなに反動の凄いものだとは知りませんでしたよ」

と、興奮した口調で、神崎にいった。

青木は、神崎の後輩に当っていた。N医大の出身である。いくらでも金を儲《もう》けられる医者の卵でありながら、過激な学生運動に走る気持が、神崎には不可解だった。が、今度の計画には、自分の他に、もう一人、医学的知識を持っている者が欲しかったから、青木をメンバーに加えたのである。

もう一人の学生運動出の加藤真太郎《しんたろう》は、青木の紹介だった。学生運動が最も活潑《かっぱつ》だといわれるS大の英文科を出た男だった。

痩《や》せて背の高い二十七歳の青年で、口数の少なさが、頼もしいようでもあり、何を考えているのかわからない薄気味の悪さでもあった。平松が信用が置けないという理由の一つは、そんなところにもあるだろう。

四丁の拳銃は、平松、竹谷、加藤、青木の四人が、それぞれ一丁ずつ持つことになった。

「撃つ時は、相手を殺す気で撃つんだ」と、竹谷五郎《ごろう》は、渡されたピストルをもてあそんでいる青木と加藤にいった。

「それ以外には、絶対に撃たないことだ」

竹谷は、ヤクザ同士の喧嘩で、相手を射殺して三年間刑務所に入っていたというだけに、こんな時にも落着いていた。しかし、頭を角刈りにしている以外、小柄で、外観はむしろ貧弱に見える男である。

「コーヒーが入っているから、勝手に飲んでくれ」

と、神崎は、四人にいった。

九時三十分。

神崎は、受話器を取ると、島にある東京都の出張所を呼び出した。

「診療所の神崎です」

と、彼は、緊張した声でいった。

「何ですか？　先生」

という声が、はねかえってくる。

「旅館に泊っていた観光客が、崖から落ちて、頭を負傷しました。意識を失って、脳内出血の恐れがあります」

喋りながら、神崎は、千津子に眼で合図した。

千津子は肯いて、加藤の頭に包帯を巻き始めた。

「この診療所では手に負えません。脳の切開手術を要するかも知れませんのでね。すぐ、救急ヘリコプターに来て貰って下さい」

神崎が、早口でいうと、相手は、あわてた様子で、

「すぐ、連絡してみましょう」

と、いった。

いったん、電話が切れた。あとは、返事が来るのを待たなければならない。

「本当に、救急ヘリは、飛んで来るんですか？」

と、青木が、蒼《あお》ざめた顔で、神崎にきいた。

「来るよ」と、神崎は、落着いた声でいった。

「以前にも二回、来て貰ったことがある。今、都の総務局災害対策部応急対策課に連絡をとっているところだ。そこが、消防庁司令部管制室に、救急ヘリコプターの出動を手配することになる」

「電話が故障して、通じないなんてことはないでしょうね？」

「大丈夫だよ」

二十分して、電話が鳴った。

「こちらは、東京消防庁の武田《たけだ》です」

という聞き覚えのある声が、かすかな雑音と一緒に聞こえて来た。

消防庁の司令部管制室の武田医師だった。前にも二度、救急ヘリコプターと一緒に飛んで来た医者である。

「K島診療所の神崎です」

「ああ、神崎さん。患者の症状はいかがです？」

「すぐ手術の必要があると思います。大病院に入れて、脳の切開手術をして欲しいのです」

「現在、患者は？」

「意識不明です」

「ヘリコプターで運べますか？」

「わかりませんが、ここに置いておいたら、確実に死にます。この診療所には、手術の設備がありませんから」

「わかりました。すぐ、救急ヘリコプターを手配しましょう」

「よろしくお願いします」

電話を切ると、神崎は、強い眼で、五人を見た。

「始まるぞ」

救急ヘリコプターは、二機がコンビを組んで飛んで来る。一機が故障した時の用心のためである。

江東区夢の島にあるヘリポートから、K島まで、約一時間三十分で到着する。

一時間たった十時五十分。神崎は、白衣を着て、椅子から立ち上った。

「これから迎えに行って来る。計画通りに行動してくれよ」

と、神崎は、一人、一人を、確認するように見廻した。

4

頭に包帯を巻いた加藤は、重傷ということで、診療室のベッドに寝かされている。傍らに、看護婦姿の千津子が付き添い、平松たち三人は、患者の友人という顔で、ベンチに腰を下している。

神崎は、「頼むぞ」と、もう一度、念を押してから、診療所を出ると、ジープに飛び乗った。救急車のないこの島では、中古のジープが、救急車の代りだった。

島の南端に、丘を削って、即製のヘリポートが作られている。神崎は、そこへジープを飛ばした。

まだ、救急ヘリコプターの赤い機体は見えなかった。神崎は、運転席に腰を下したまま、高ぶってくる神経を静めようと、煙草をくわえて火をつけた。

静かだった。

島の男たちは、沖へ漁に出てしまい、女たちは、北部の狭い耕地で働いているのだろう。

三十分近くたって、南の空に、二つの黒点が見えた。その二つの黒点は、見る見る中《うち》に大きくなって、赤い機体に、白い三本の線が入った救急ヘリコプターとわかってくる。

島のヘリポートは、狭いので、二機が同時に着陸は出来ない。

武田医師の乗った一機が、ゆっくりと着陸した。直径十一メートルの三枚のローターが、猛然と土煙を巻きあげる。

もう一機は、頭上を、旋回している。

ヘリコプターのドアが開いて、ずんぐりと太った武田医師がおりて来た。神崎は、握手してから、

「とにかく、診療所へ来て、患者を診《み》て下さい」

と、いった。それから、機内に残っている機長に向って、

「すいませんが、患者を運ぶのを手伝ってくれませんか。身体の大きな男なので」

と、頼んだ。

中年の機長は、飛行服姿のまま、気軽くおりて来た。

神崎は二人を乗せて、診療所に向ってジープを飛ばした。十月に入って、ほとんど雨が降らないので、もうもうと土埃《つちぼこり》が舞いあがる。

「患者は、観光客だそうですね？」

助手席のバーに摑《つか》まったまま、顔だけ神崎に向けて、武田医師がきく。

「そうです。岩場で釣りをしていて、転落したのです。昨夜、徹夜でマージャンをして、そのまま、早朝の磯釣りに出かけたというのですから無茶もいいところです。どうも、最近の若者は――」

ふと、話の途中で、神崎は口を止めた。少し喋り過ぎたのではないかと思ったからである。芝居をさとられまいとして、自然に饒舌《じょうぜつ》になってしまう。だが、武田は、全く気付かぬ様子で、神崎に相槌《あいづち》を打った。

診療所に着いた。

「どうぞ。中へ入って下さい」

と、神崎は、武田医師と機長を、先に診療所へ入れた。

まだ、疑う気配はない。

武田は、すぐ、ベッドに横たわっている加藤に近づいた。

（今だ。やれ！）

と、神崎が、眼で合図した。

竹谷が、無造作に、S＆W三八口径の台尻で、機長の後頭部を殴りつけた。

中肉中背の中年の機長は、呻《うめ》き声をあげ、ドサッと音を立てて床に倒れた。

その音に、武田医師が振り向く。青木が、背後から拳銃を振り上げたが、殴打《おうだ》できずに、顔を真っ赤にして、唸《うな》り声をあげている。

「どうしたんです？」

と、武田医師が、神崎を見、床に倒れた機長を見た。

神崎が、舌打ちをした時、ベッドに横になっていた加藤が起きあがり、拳銃をつかんで、武田を殴りつけた。

武田医師の太った身体が、崩れ落ち、かけていた眼鏡が床に飛んだ。

加藤が、ニヤッと笑った。一瞬、神崎が、おやっと見直したほど冷たい笑い方だった。

「急げ！」

と、神崎が、怒鳴った。ぐずぐずしていたら、ヘリポートの上空を旋回している二機目のヘリコプターに怪しまれてしまう。

平松が、機長の飛行服を剝《は》ぎ取って、素早く身につける。神崎は、床に落ちている武田医師の眼鏡を拾いあげた。かなり度の強い眼鏡だったが、神崎は我慢してかけてみた。武田とは、同じような体型だし、白衣を着て、眼鏡をかけていれば、上空を旋回するヘリコプターからは、似たように見えるだろう。

気絶している二人は、ロープを使って入念に縛りあげ、口にはガムテープを貼りつけた。それだけでは不安だったから、神崎は、注射器を取り出し、二人の腕に麻酔薬を注射した。これなら、二時間は大丈夫だろうし、たとえ、気がついても、しばらくの間は、身体全体が痺《しび》れて、ロープを解くことは出来まい。

両手、両足を縛った武田医師と機長は、住居の押入れに押し込んだ。この島の人たちは遠慮深いから、「本日休診」の札がかかっている限り、診療所に近づくまいと、

5

神崎は計算していた。

全員が、息をはずましている。だが、誰も怯えているように見えないのが頼もしかった。青木は、武田医師を殴るのを躊躇《ちゆうちよ》したが、これは初めてだから止むを得まい。ただ、次もためらわれては困る。

「よし。行こう」

と、神崎はいった。

頭に包帯を巻いた加藤は、担架に横になった。竹谷と青木が、それを担ぐ。

「重い野郎だな」

と、うしろを担いだ竹谷が、大声で文句をいった。

診療所の外にとめてあるジープに、まず、担架の加藤をのせる。竹谷と青木が、リア・シートに腰を下して、担架を押さえ、神崎と、看護婦の千津子がフロント・シートに乗り込んだ。余った機長姿の平松は、エンジンカバーの上に、無造作に腰をかけた。

四輪駆動のジープは、六人の人間を乗せ、唸りをあげて山道を登って行った。ヘリポートに近づくと、頭上百メートル附近に、二機目のヘリコプターが空中停止《ホバリング》している。

「上を見るな！」

と、神崎は、ハンドルをあやつりながら叫んだ。

ヘリの機体すれすれに、神崎は、ジープを止めた。落着いているつもりでも、やはり、緊張過多だったのだろう。エンジンを切らずに車からおりてしまい、気付いて、あわてて、スイッチを切った。

メンバーは、予定どおり行動した。

加藤は、担架のまま、機内に運び込まれた。

平松は、素早く操縦席に腰を下し、メーター類をチェックしてから、大丈夫だというように、神崎に向って、O・Kのサインを送って来た。

救急ヘリコプターの中は、酸素吸入装置や、輸血の機具が、詰め込まれている。神崎たちは、身体を小さくして、座席に腰を下した。

「本当に飛ばせるんだろうな？」

と、竹谷が、からかい気味に、平松に声をかける。平松は、計器を睨《にら》んだまま、

「ヘリって奴は、神経質な女と同じでね。乱暴に扱うと不機嫌になるが、優しく扱えば、思う通りに動いてくれるものなんだ」

三枚のローターが、ゆっくり回転しはじめた。それにつれて機体が震動を始めた。

ヘリコプターの原理そのものは簡単である。ローターのピッチがあがれば、機体は上昇し、ピッチがさがれば下降する。釣合いがとれた時、空中停止《ホバリング》する。ピッチを不規則にすれば、ピッチが小さい方向へ、機体は滑っていく。

機体が、ぐらりと揺れたと思う間もなく、機体が、ふわりと浮き、急速に上昇していった。

もう一機は、先導するように、すでに海上へ出ている。

「こちら『ひばり』」

と、先導機からの無線が飛び込んでくる。

「『かもめ』に告ぐ。千五百フィートまで上昇せよ」

「了解《ラジヤー》」

と、平松は、短くいった。機械を通してくる声は変って聞こえるものだし、激しい爆音が、多少の疑問を吹き消してくれるだろう。

「武田先生」

と、先行する「ひばり」の機長が、呼んだ。

神崎は、平松からマイクを受け取った。武田医師の声は、低く、こもった様に聞こえる声だった。神崎は、小さく咳払《せきばら》いしてから、低く押し殺した声で、

「武田だ」

「病人の様子はどうです?」

全く疑いを持っていない透明な声が聞こえた。

「思っていた以上に悪いね」と、神崎は、マイクに向っていった。

「一刻も早く手術しなければならん。助かる助からないは、時間との競争だ。夢の島のヘリポートで下して、そこから救急車で病院へ運んでいたんじゃ間に合わない」

「どうしたらいいんですか?」

「国立中央病院には、屋上にヘリポートがある。あそこに着陸すれば、間に合うと思う。君の方から、中央病院へ連絡してくれないか。脳内出血をしていると思われるので、脳の切開手術が必要。もちろん、まず、脳のレントゲン写真を撮《と》る必要がある。そう話しておいてくれればいい」

「了解《ラジヤー》。ところで先生」

「何だね?」

「声がおかしいけど、風邪《かぜ》をひかれたんですか?」

「ああ。今年の風邪は性質《たち》が悪くてね」

あははと、笑って見せたが、一瞬、顔が引き吊《つ》ったのが自分にもわかった。それを見ていたとみえて、平松が、無線のスイッチを切った。

「しばらくは、交信しない方がいいでしょう」

6

これが、ゼロ計画《プラン》の過程でなければ、快適な飛行を楽しめるところだった。

風はほとんどなく、機体の揺れもない。千五百フィート（四百五十メートル）の高度を、まっすぐ東京に向って飛んでいる。青い海が、眼下に広がっている。

左手に大島が見えて来た。

千五百フィートの低さなので、家並みや、車まで、はっきりと見える。

港から漁船が出て行く。あれは、波浮《はぶ》の港か。

「おれは、金が入ったら、これと同じヘリコプターを、自家用機として買い入れることにするよ」

と、竹谷が、窓の外の景色を眺めながら、誰にともなくいった。

返事をする者がいない。みんな緊張して、それぞれに別のことを考えているからだろう。

千津子は、神崎の隣りに腰を下し、じっと彼の手を握りしめている。神崎の方は、ブラジル旅行をした時に見た若い娘の美しさを思い出していた。巨万の富を得て、ブラジルに住めば、ああいう美女も思いのままになるのだ。そんなことを考えていると、少しは落着けるからである。

大島が視界から消えて間もなく、三浦半島が見えて来た。

神崎は、腕時計に眼をやる。デジタルの数字が十二時五分を示している。予定どおりだった。

十二時から午後三時まで、中央病院は、午後の休診時間に入る筈である。丁度、その時間に、このヘリコプターは、中央病院に着くことが出来る。

平松が、無線のスイッチを入れた。とたんに、前方を行く「ひばり」から連絡が入った。

「無線が通じなかったんですが、どうかしましたか？」

と、向うの機長がきいた。

「無線機が調子が悪かったんで、調整していたんだよ」

「そうですか。さっき、中央病院から返事がありました。受入れO・Kだそうです」

「有難う」

「われわれは、夢の島のヘリポートに帰ります。お気をつけて」

「有難う」

東京湾が終る頃になって、「ひばり」は、神崎たちの乗る「かもめ」から急速に離れて、夢の島のヘリポートに向った。

「あとは、君の腕が頼りだ」と、神崎は、操縦桿を握っている平松に声をかけた。

「間違いなく、中央病院に降ろしてくれよ」

「大丈夫ですよ。この足で中央病院まで歩いて、目印をちゃんと確かめておきましたからね。あと七、八分で到着だ」

「委せるよ」

神崎は、ポケットから付《つ》け髭《ひげ》を取り出して、入念に、鼻の下につけた。

平松は、サングラスをかけ、高度を、七百フィートまで下げた。

大地や、立ち並ぶビルの群が、急速に接近してくる。

「あれだ！」

と、平松が、前方を指さした。円形の特徴のある中央病院が見えた。屋上には、白くHの字が描いてある。

白衣姿の若い医師と看護婦が手を振っているのが見えた。神崎は、双眼鏡でその男を見た。知らない顔だった。神崎が辞《や》めてから入った若手の医師だろう。

「用意はいいか？」

と、平松は、全員に声をかけてから、ヘリコプターを慎重に降下させていった。

7

ローターがゆっくりと静止していく。待ちかねたように、白衣の青年が近づいて来た。

「鈴木《すずき》です」と、その男は、神崎に向っていった。

「患者の容態はいかがですか？」

「まだ意識不明です。まず、レントゲンを撮《と》りたいのだが」

「レントゲン室をあけてあります。ご案内しますよ」

「患者をおろすんだ」

神崎が声をかけ、全員で、担架にのせた加藤を、ヘリコプターから降ろした。

大型エレベーターで、レントゲン室のある三階までおりる。ドアが開くと、クレゾールや、他の薬品の匂いが、入り混じって、鼻を刺戟《しげき》した。

蛍光灯に輝く廊下に、ほとんど人影がないのは、十二時四十分という時間のせいだろう。

全身を撮影することの出来る巨大なレントゲン器具の置かれたレントゲン室では、技師の花田《はなだ》が待っていた。

神崎が、内科部長をしていた頃から、この病院で、レントゲン技師をしている男である。だが、付け髭をつけ、眼鏡をかけた神崎に気がついた様子はなかった。追放同様に、この病院を追われた神崎が、ここに現われるなどとは、夢にも思っていないのかも知れない。

「救急隊員の方と、患者の家族の方は、外へ出ていて下さい」

と、花田は、官僚的な口調でいい、機長姿の平松や、竹谷と青木の三人を、部屋の外へ追い出した。

頭に包帯を巻いた加藤が、担架から、機械の上に移された。患者が仰向けに寝たまま、あらゆる箇所が撮影できる機械だった。

案内してくれた鈴木という若い医師は、そこまで手伝ってから、レントゲン室を出て行った。

加藤の頭部のレントゲン写真が何枚か撮られた。

「現像できるまで、待って下さい」

と、花田は、ぶっきらぼうにいった。昔から、自分の得にならぬ相手には、無愛想な男だった。

「現像できた写真は、脳外科の方に廻しておきますから、そちらへ、患者を運んで下さい」

花田は、いいたいだけいうと、さっさと、レントゲン機械のスイッチを切ってしまった。

「有難う」

神崎は、千津子と二人で、また、加藤を担架に移し、レントゲン室を出た。待ち構えていた平松たちが、担架の周囲に集まって来る。

「予定どおりだ。急げ」

と、神崎は、小声でいった。

担架にのせた加藤を運んで、神崎たちは、廊下を歩く。花田にいわれた脳外科の部屋も通り過ぎた。

目標は、内科診察室だった。一年前まで、神崎が、内科部長として君臨していた部屋である。神崎が追われた後、彼と仲の悪かった新井《あらい》医師が、部長の椅子に納まったと聞いていた。きまじめさだけが取り柄の、神崎がもっとも苦手で、もっとも嫌いなタイプの男だった。

「午後三時まで休診」の札がかかっているドアを開けて、神崎たちは、担架と一緒に中に雪崩《なだ》れ込んだ。

回転椅子に腰を下し、患者のカルテに眼を通していた新井が、眉を寄せて、睨んだ。

「何だね？　君たちは」

(一年の間に、やたらに貫禄ばかりつけやがって)

と、神崎は、腹の中で、新井を睨み返した。新井の方は、まだ、神崎と気がついていない様子で、

「とにかく、出てくれたまえ」

と、立ち上っていった。

奥では、若い看護婦が、顔をしかめて、こっちを見ている。

竹谷が、さりげなく、彼女に近づいて行った。それを見定めてから、平松が、ポケットからS&W三八口径を引き抜いて、

「静かにするんだ」

と、銃口を、新井の胸の辺りに突きつけた。

それを見て、悲鳴をあげかけた看護婦の口を、竹谷が、手で塞《ふさ》いだ。

新井は、真《ま》っ蒼《さお》な顔になり、ぶるぶる身体をふるわせている。

「何をする気だ？」

といった声まで、ふるえていた。

「一種のハイジャックかな」

神崎は、落着いた声でいい、平松たちに眼で合図した。

加藤も、担架からおりてきて、たちまち、新井と看護婦を、用意してきたロープで縛りあげ、ガムテープを口に貼りつけた。

青木が、麻酔薬を探して、それを、新井と看護婦の腕に注射した。昏倒した二人を、奥のロッカーの中に押し込み、鍵をかけた。

全てが、手際よく進んだ。

一時八分。順調だ。

平松、竹谷、加藤の三人が、担架を持って内科診察室を出て行った。彼等は、屋上のヘリポートに戻り、分担された仕事に取りかかるのだ。

内科診察室には、神崎、千津子、そして青木の三人が残った。青木は、新井が着ていた白衣を身につけた。もともと、医者の卵だったから、白衣が似合う。

神崎は、一年前まで座っていた回転椅子に、ある感慨をもって腰を下した。クッションがよく、彼の太った身体が、心地よく沈む。

もし、あのまま、ここにいたら、ゼロ計画《プラン》など考えなかったろう。今は、昔の方が幸福だったが、計画が成功すれば、どちらが幸福かわからなくなる。

神崎は、煙草を取り出して火をつけ、壁にかかっている電気時計に眼を走らせた。赤い秒針が、音もなく廻っている。

午後一時三十六分。

ターゲット・ポイントの午後二時まで、あと、二十四分だ。

「やけに静かですね」

と、青木が、甲高《かんだか》い声でいった。

確かに静かだった。願わくは、このまま静かに、計画を成功させたかった。

第三章　ターゲット

1

「もう一度、検討しなおしてみようじゃないか」

と、左文字がいった。もうこれで、十二回目である。

左文字の青い眼が、徹夜で赤く充血していれば、傍にいる史子や、矢部警部の顔も、疲れ切っていた。

「無駄だと思うがねえ」と、矢部は、溜息まじりにいった。

「何度やったって、特別なものは出て来やせんよ。いいかげんに諦めたらどうかね」

「いや。僕は、自分の推理を信じているんだ。絶対に、ゼロ計画《プラン》は十日までに実行されるし、変更できない何か理由がある。それに、人身攻撃に類する危険なものだということも確かだ」

「君の自信満々なのは、よくわかるがねえ」

矢部は、のろのろと、ソファから立ち上り、三十六階の窓から、晩秋の陽差しを受けている新宿の街を見下した。弱い陽差しなのだが、眼がちかちかする。

矢部は、両手で顔をさすってから、

「そのコピーにのっている事項は、もう十回も検討したんだよ」

「十一回」

と、史子が訂正した。

「十一回だろうが、二十四回だろうが、早く見つけ出さないと、事件を防げないんだ。M重工の東京本社から検討しなおそうじゃないか」

「オーケイ。オーケイ」

と、矢部は、手を振った。

「M重工の日本橋本社は、二年前に過激派に爆破されている」と、左文字は、十何杯目かのコーヒーを口に運びながらいった。

「だが、ゼロ計画《プラン》の対象となっているとしたら、何か特別なことがなければならない」

「そんなものは、何もないよ」

矢部が、そっけなくいった。

「確かだろうねえ」

「M重工本社へ、二度も確認の電話を入れたんだ。M重工は、近く創立七十周年を迎えるが、それは十一月十八日で、一ヵ月以上あとでね」

「入口には、ガードマンがいるね。十月十日までの間に、一日だけ、ガードマンがいなくなるようなことは？」

「残念ながら、ないね」

「じゃあ、次は、S商事の八重洲《やえす》口にある本社だ。ここも、前に、爆弾を仕掛けられたことがある」

「同じく、何もないね。十日までの間に、特別な事業をする予定はない。これも、二度、電話で確認しているよ」

「R電機の東京本社は？」

「イランの産業大臣が見学に来ることになっているが、十月十三日だし、北九州にある工場の方だ」

矢部が、肩をすくめた時、電話が鳴った。受話器を取った左文字が、黙って矢部に渡す。

応答していた矢部の顔が、ぱッと輝いた。

「よし。すぐ行く」

と、大声でいって受話器を乱暴に置いてから、じろりと左文字を見た。

「被害者の身元が割れたよ。君たちと推理ごっこをやっているより、こっちから攻めていった方が、早くゼロ計画《プラン》を解明できそうだ」

「何者だったんだ？」

「名前は高田裕介《ゆうすけ》。二十六歳。売れないカメラマンの卵だそうだ」

その言葉が終った時には、最近やや太り気味の矢部の身体は、左文字探偵事務所を飛び出していた。

2

パトカーで、被害者高田裕介が住んでいた笹塚のアパートに駆けつける矢部の顔から、疲労の色は消し飛んでいた。

やっと、突破口が見つかったのである。この男の交友関係を洗っていけば、ゼロ計画のメンバーもわかるだろうし、それがわかれば、殺した犯人も自然に割れてくるに違いないと、矢部は、計算していた。

「青葉荘」という木造モルタル塗りのアパートには、井上刑事や、鑑識の連中がすでに到着していた。

「この近くに住む歯医者からの通報です」

と、二階にある六畳と三畳が縦につながっている2Kの部屋に案内しながら、井上刑事が説明した。

「それで、例の被害者が、高田裕介というカメラマンに間違いないのかね？」

「間違いありません。部屋にあった何枚かの写真に、被害者自身も写っていました」

「うん。うん」

と、肯きながら、矢部は、部屋に入った。

とたんに、現像液の匂いが鼻孔を襲った。六畳の部屋の押入れを改造して、暗室を作ってあるのだ。

「指紋も一致したよ」

と、鑑識の玉井技官が、矢部の肩を叩いた。

「部屋から見つかった指紋と、被害者の指紋は同一だ」

「そいつは有難いね」

カメラマンの卵だったというだけに、写真は、やたらにあった。

だが、人物が写っているのは意外に少なかった。

しかも、同じ顔の女性ばかりが写っている。高田と並んで写っている写真もある。

「この女が誰かわかったのかね？」

矢部が、女の写真を振りかざすようにして、部下の刑事たちの顔を見廻した。小柄な田島《たじま》刑事が、

「名前は、松岡《まつおか》みどり。高田の恋人だった二十一歳の喫茶店のウエイトレスです」

「だった？」

「一年前に死んでいます」

「死んでいるのか」

それでは、高田のことを聞くことが出来ない。

写真のほとんどが、風景を写したものだった。雪に埋もれた北海道の写真もあれば、灼熱《しやくねつ》の太陽が照りつける沖縄各地の写真もある。

「風景写真が専門だったようだね」

「風景写真に、旅行メモをつけて、雑誌に売って生活していたようです」

と、井上刑事が、答えた。

「しかし、生活はあまり楽だったようには見えんね」

矢部は、部屋の中を見廻した。安物の調度品ばかりだし、テレビは、こわれている。それに、商売道具のカメラが一台もないのは、ゼロ計画《プラン》に参加するために、売り払ってしまったのだろうか。

「預金通帳がありましたが、残額は五十六円でした」

「写真しかない部屋だねえ。手紙は一通もないのかい？」

「部屋中を探しましたが、一通もありません。多分、ゼロ計画に参加するので、焼き捨てたんだと思います」

「写真の方は、やはりカメラマンだから、焼くに忍びなかったということかな」

それに、写真からでは、ゼロ計画がバレることがないと考えて、そのままにしておいたのかも知れない。高田自身も、仲間もである。

田島刑事が、中年の管理人を連れてきた。怯《おび》えた顔になっているのは、刑事がどっと押し寄せたからだろう。

「この部屋にいた高田さんのことを、お聞きしたいんですがね」と、矢部は、話しかけた。

「よく訪ねてくる人はいませんでしたか？」

「若い女の人がよく見えていましたよ。可哀想に、交通事故で亡《な》くなったそうですが」

「彼女の他に、高田さんを訪ねて来る人はいなかったんですか？」

「見ませんでしたね。とにかく、旅に出ていることの多かった人でしたから。小さなボストン・バッグと、カメラを持って、ふらッと、よく出かけていましたよ」

「家族は？」

「私には、天涯孤独だといっていましたけどねえ」

「高田さんを最後に見たのは、いつですか？」

「ええと、先月の二十八日でしたね。十月分の部屋代を持って見えましてね。また、しばらく旅に行って来るとおっしゃったのが最後でしたよ。ですから、新聞に、よく似た人の写真が出ても、てっきり、いつもの伝で、高田さんは旅に出ておいでと思っていたんです」

「高田さんから、ゼロ計画《プラン》という言葉を聞いたことはありませんか？」

「いいえ。何ですか？　そのゼロ計画とかいうのは――」

「いや。何でもありません」

少しずつ、矢部の顔が暗くなっていく。身元が割れれば、すぐ、仲間もわかり、ゼロ計画の片鱗ぐらいは解明できると思ったのだが、この調子では、なかなか難しそうだ。

3

三十分ほどして、同じカメラマン仲間の広瀬《ひろせ》という青年が、ポンコツのフォルクスワーゲンで駆けつけて来た。

「あんな敵のない男が、殺されるなんて信じられませんよ」

と、広瀬は、興奮した口調で、矢部にいった。

「あなた以外につき合っていた人を知りませんか？」

矢部は、相手の顔を、まっすぐ見つめてきいた。どこかで見た顔だと思うのだが思い出せない。

「恋人のみどりさんぐらいじゃなかったですかね。彼女が、交通事故で死んでしまってからは、一層、人間嫌いになっていたみたいですが」

「最近の高田さんについては？」

「先月の末に会ったとき、しばらくの間、外国旅行に行って来るといっていたんです。彼は、前からメキシコに憧れていましてね。メキシコに一ヵ月ぐらいいて、写真を撮りまくるつもりだといっていました。僕も、賛成していたんです。外国へ行けば、みどりさんを失った悲しみも忘れられるかも知れないと思いましてね。それが、東京で殺されていたなんて――」

「メキシコですか」

その旅費や、向うでの生活費欲しさに、ゼロ計画《プラン》に参加したということだろうか。

「彼の家族は、いないんですか？」

「両親は早く死んで、兄弟もないということでしたよ。遠い親戚が札幌《さっぽろ》にいるそうですが、行ったことはないといっていましたね。僕も、似たような境遇なので、仲良くしていたんですが」

「ゼロ計画という言葉を、彼から聞いたことはありませんか？」

「ゼロ計画？　何ですか？　それは。まるでスパイ映画の題名みたいですね」

「いや。ご存知なければ結構です」

また、矢部は、失望に落ち込んだ。

高田裕介は、ゼロ計画のことも、その仲間のことも、ただ一人の親友にさえいわなかったらしい。

高田自身が殺されたことで、ゼロ計画の線は、途切れてしまったのか。

矢部は、腕時計を見た。

一時三十分。どうやら、この調子では、今日中に何かをつかむことは、難しそうだ。

矢部は、管理人室の電話をかりて、左文字に、連絡をとった。

「どうも、こっちからゼロ計画を解明することは難しそうだよ」

と、矢部がいうと、左文字は、「当然だよ」と、冷たいことをいった。

「もし、ゼロ計画が何かわかるようなことが、そこに残っていたら、仲間が放っておくものか。火をつけてでも、証拠を消してしまっている筈だよ。秘密を守るためには、仲間を刺殺してしまうような連中なんだからね」

「確かにそうなんだ。そっちはどうだ？」

「あんたがいないと、正確な検討が出来ない。すぐ、こっちへ来てくれ」

「O・K。すぐ行くよ」

と、矢部はいった。

4

探偵事務所は、煙草《たばこ》の煙で、もうもうとしている。

左文字は、コーヒーを口に運んだが、味がわからなくなっていた。ただ、眠気を追い払うために口に流し込んでいるだけである。

「高田裕介の部屋では、何もわからなかったのかい？」

と、左文字は、戻ってきた矢部にきいた。

「何もわからないのと同じだったよ。恋人を交通事故で失った売れないカメラマンが、半ば自棄《やけ》と、メキシコ行の金が欲しくて、ゼロ計画に参加した。わかったのは、これだけだ。君の方は？」

「大企業の爆破というのは、まず考えられなくなったよ。どう考えても、そんなことは、いつでも出来るからだ。十月十日までと、限定する必要はない」

「じゃあ、残るのは、政府要人か、財界の大物の誘拐、或いは暗殺ということになるな」

「そうだ」

左文字は、メモに眼を落とした。白い紙に書かれた小さな文字を見ると、疲れた眼が痛い。

そこには、矢部と相談して書き抜いた重要人物の名前が、ずらりと書いてあった。

合計三十六名の名前だった。

「その一人一人に、電話で当ってみたかね」

と、矢部は疲れた声でいった。

「秘書が答えてくれたところでは、十日までの間に、特別な行動をとる予定の人間はいないということだったよ」

「それは、確実だろうね？」

「間違いないよ。財界人については、刑事部長に聞いて貰ったし、政府要人は、十八日まで、国会が開かれているから、毎日、同じ行動をとるといっている。つまり、いつもの国会開会中と同じだということだ」

「ちょっと待ってくれよ」

と、左文字は、急に青い眼をキラリと光らせた。

「何だい？」

「首相は、二十日から十二日間の東南アジア訪問に出発する筈だ」

「ああ。その通りさ。だから私が、ゼロ計画というのは、十月二十日に羽田で、出発する首相を狙撃するんじゃないかといったんだ。それを、君たちが、絶対に違うと、否定したのを忘れたのかね？」

「別に忘れないし、今だって、羽田の厳戒の中で、首相を狙撃する馬鹿はいないと思っているし、ゼロ計画は、十日までの間に起きると確信しているよ」

「じゃあ、何故、二十日からの東南アジア訪問を気にするんだ？」

矢部は、眉を寄せて、左文字を見た。史子も、コーヒーカップを持ったまま、夫を見つめた。

左文字は、史子が用意してくれたおしぼりで、顔を乱暴に拭《ふ》いてから、

「東南アジア歴訪を間近に控えているから、首相は、いつもと違った行動がとられるんじゃないかと思うのさ」

「しかし、国会開会中だよ。自由に消えたりできる筈がないじゃないか」

「そういう意味でいったんじゃないよ。首相は、確か、六十九歳の老齢だ」

「ああ」

「それに、十二日間の歴訪中のスケジュールは、大変過密だ」

「どこの政治家のスケジュールだって、いつも過密そのものだよ」

「とすればだ。まず心配されるのが、首相の健康状態だ」

「出発前に、ちゃんと健康診断をするさ。われわれが心配しなくたって」

「主治医は？」

「確か、今、外遊中だから、国立病院でやるんじゃないかな」

「もし、十日までの間に、首相が健康診断を受けるとすれば、それは、いつもの国会開会中とは違うことになるんだ」

「確かにそうだ」

矢部の顔色が変った。

彼はすぐ、首相官邸に電話をかけた。

「首相が、東南アジア訪問に際して、いつ健康診断を受けられるのか伺いたいのです。え？　十月七日？　今日ですか？　時間は？　午後二時。その時間しかスケジュールがとれなかった？」

「午後二時だって？」

左文字は、血走った眼で、壁の電気時計を見上げた。

午後二時三分。

「病院は、どこなんだ？」

と、左文字は、大声で怒鳴った。

第四章　第二段階

1

　蛍光灯の光る廊下を、小柄な三田首相が、胸を張り、右手をポケットに突っ込んだお馴染《なじ》みのポーズで歩いて来る。

　首相の周囲を、秘書官と、赤いネクタイをした警視庁のSP（セキュリティ・ポリス）四人が取り囲み、またそのまわりを、二十人近い新聞記者が、ぞろぞろと歩いて来る。SP隊員は、柔剣道の三段以上で、拳銃の名手でもある。

　案内して来た院長が、内科診察室のドアを開け、そこにいた看護婦の千津子に、

「三田総理だ。お願いするよ」

と、いった。

院長は、何百人という看護婦の一人一人の顔なんか知りはしないし、千津子は、大きな白いマスクをかけていた。

「わかりました」と、千津子は、肯《うなず》いた。

「ボディ・ガードの方と、報道関係の方は、申しわけありませんが、廊下でお待ちになって下さい。総理も、ここでは、上半身裸になって頂きますので」

SPの一人は、診察室の中をのぞき込み、そこに、二人の医師と、一人の看護婦しかいないのを確認して、安心した顔になった。

首相が中に入ると、千津子が、ドアを閉めた。

神崎が、立ち上って首相を迎えた。

「内科部長の神崎です」

「神崎君か」

首相は、椅子に腰を下すと、細い眼で、神崎を見た。

「どこかで聞いた名前だが」

「私の兄が、弁護士会の副会長をやっています」

「ああ、それでだな。君のお兄さんには、二、三回会っているよ」

「恐れ入ります。ところで、国会はいかがですか？」

「毎日、野党の諸君にいじめられているよ。例のY国との収賄問題でね」

クックックッと、首相は、のどの奥で、鳩のような笑い声を立てた。

神崎も微笑した。

「お顔色はいいですね」

「内臓が丈夫なのが自慢でね。ただし、頭の方は弱いらしい」

また、首相は、クックックッと笑った。

東南アジアのY国に対する鉄道車輛《しやりよう》の輸出で、両国政府と商社の間で巨大なリベートがやりとりされたと噂が流れ、新聞でも大きく報道されたが、それが、立ち消えになろうとしているので、ご機嫌なのだろう。

「では、血圧から測りましょう」

神崎は、血圧測定器を傍に引き寄せた。

「普段の血圧は、どのくらいですか？」

「上が百五十、下が九十だがね」

「そのくらいだと、お年からみて、理想的な血圧ですな」

神崎は、首相の腕に、器械を取りつけ、ポンプを押した。

確かに、上が百五十、下が九十二だった。が、神崎は、わざと眉を寄せて、

「少しお疲れじゃありませんか？」

「高いのかね？」

「上が百九十まで上っています。下も百十と高いですね」

「どうしたのかな」

ニコニコしていた首相の顔が、不安げに曇った。

「やはり、国会の質疑応答で精神的にお疲れになっているんだと思いますね。用心のために、血圧降下剤の注射をしておきましょう。すぐ百五十ぐらいまで下りますし、副作用は全くありません」

「じゃあ、お願いするかな」

「青木君」

と、神崎は、青木を呼んだ。

「血圧降下剤の注射だ」

「わかりました」

青木は、麻酔の注射を手にとった。

千津子が、まくりあげた首相の二の腕の辺りを、アルコールで拭いた。

「皮下注射ですから、ちょっと痛いですよ」

と、神崎は、笑顔でいい、首相の左腕に、注射針を突き刺した。

2

がくッと、首相の身体がゆれ、床にくずおれた。

麻酔がきいたのだ。

「急げ《ハリ・アップ》!」

と、神崎は、千津子と青木にいった。

胸部診問、血圧測定、それに、レントゲンによる透視が、ここで行われることになっているから、三十分間は、誰も疑問を持たないだろう。だが、それ以上たったら、廊下にいる秘書官やボディ・ガードは、怪しんで、部屋に入ってくるに違いない。

だから、これから先は、時間との競争だった。

千津子が、窓を大きく開け、屋上にいる平松たちに合図した。

平松、竹谷、加藤の男三人は、ヘリコプターから、人命救助用のロープを持ち出して待機していた。先端に、幅広のベルトの輪がついている救助索である。

そのロープが、するするとおりてくる。

神崎たちは、先端の輪をつかんで、診察室に引き込んだ。

ぐったりとしている首相の身体に、輪を通してから、三人で担いで、窓まで運び、上に合図を送った。

小さな首相の身体が、ゆれながら、引き揚げられていく。

四階以上は、病室になっていて、こちら側は、西陽が強く当っている。多分、病室の窓には、厚いカーテンが閉まっている筈だと、神崎は考えていた。

首相の身体が屋上に消え、また、ロープが下りて来た。

十分かかった。

あと、二十分で、三人が屋上へあがらなければならない。一人七分弱。

今度は、千津子の番だった。自分で、身体に輪を通すので、少し、時間が短縮されたが、それでも、八分かかってしまった。

「急ぐんだ！」

と、神崎は、青木にいった。

三人目として、青木が引きあげられていく。

最後は、神崎だった。

まだ、内科診察室をのぞく者はいない。誰も、まだ気付いていないのだ。

太っているので、輪になったベルトが、胸を圧迫する。

屋上に向って合図をしてから、靴先で、窓を閉めた。

神崎の身体が、ゆっくり引き揚げられていく。早くしろと叫びたくなるのを、辛うじてこらえる。

やっと、屋上に辿《たど》りついた。

平松が、ヘリコプターの機内に駆け込んで、エンジンをかける。

ゆっくりと、ローターが回転を始めた。神崎たちは、身を屈《かが》めるようにして、首相を機内に担ぎ込んだ。

「早く離陸しろ！」

と、神崎が怒鳴った。

ローターのスピードがあがる。爆音が高くなる。

機体が、ふわりと浮き上った。

午後二時三十九分。

3

「本庁の矢部警部だ！」

と、叫びながら、矢部は、三階の廊下を、内科診察室に向って突進した。

その声で、内科診察室の前にいた記者たちが振り向いた。

「総理は？」

と、その人垣に向って、息をはずませながら、矢部はきいた。

電話をかけても、要領を得ないので、ここまで、パトカーを飛ばして来たのだ。

「今、中で、診察を受けておられますが」

と、秘書官がいった。

「本当に、中におられるんですか？」

「そうです」

「じゃあ、確認して下さい」

「何故です？」

「総理を誘拐するという話を聞いたからです。とにかく、確認して下さい」

矢部の気迫に押されたように、秘書官は、

「総理！」

と声をかけてから診察室のドアを開けた。

次の瞬間、秘書官は、呆然《ぼうぜん》として、その場に立ちすくんでしまった。

誰もいなかったからだ。首相も、二人の医者も、看護婦も消えてしまっている。

四人のSPが、血相を変えて、部屋に飛び込んだ。続いて、記者たちも、どっと、なだれ込んだ。

矢部は、窓際へ行き、窓を開けて、下を見た。てっきり、窓から下へおりたと思ったのである。

下は、人の気配のない裏庭になっていた。が、どこにも、首相の姿はなかったし、人が飛びおりた形跡もなかった。

SP四人は、診察室の中を、隅から隅まで探し廻った。

その耳にヘリコプターの爆音がきこえた。

「あれは？」

「消防庁の救急ヘリです。今、帰るところです」

と、誰かが答えた。

奥のキャビネットを開けたSPの一人は、そこに、手足を縛られ、口にガムテープを貼りつけられた医者と看護婦が押し込められているのを発見した。手足のロープを解いても、麻酔薬がきいていて、意識を取り戻さなかった。

秘書官の中井《なかい》は、悲痛な顔で、

「新聞記者の皆さん」

と、室内の写真を撮りまくっている記者たちに声をかけた。

「ご覧のようなことで、総理は、何者かに連れ去られました。誘拐です。総理の命にかかわることですので、しばらくの間、新聞には書かないで頂きたい。ぜひ、協力して頂きたい」

4

機体は、二千フィートまで上昇した。ビルも、道路も、走っている車も、みるみる小さくなる。

「ここまでは、まず成功だな」

神崎は、ほっとした顔でいい、煙草に火をつけた。

座席に、ベルトで押さえつけられた三田首相は、完全に麻酔がきいたとみえて、機体の震動に合わせ、前に倒れた頭が、がくん、がくんとゆれている。

「先生。首相が死ぬなんてことはないでしょうね？」

加藤が、心配そうにきいた。

「そんなことになったら、全てがおじゃんですからね」

「大丈夫だよ。政治家って奴は、みんな身体が丈夫だ。この三田首相だって、四十代の心臓を持っているよ」

「でも、アレルギー体質で、麻酔を射ったとたんにショック死する場合だってあるでしょう？」

「そんなに心配なら、首相の脈を診てみろよ。ちゃんと生きているから」

神崎が笑っていうと、加藤は、本気で自分の座席から立ち上り、大きな身体を折るようにして首相の手首を握り、胸に耳を当てて、心音を聞いている。K島の診療所で、青木がためらっている時、武田医師を殴り倒し、ニヤッと笑った加藤と同じ男とは思えない慎重さだった。

（わからない男だ）

と、神崎が、首をかしげている間も、六人の仲間と三田首相を乗せたヘリコプターは、計画に従って飛び続けていた。

機体に「東京消防庁」と書かれたアルウェットⅢ型機は、次第に高度を上げた。五千フィートまで上昇すると、低い雲は、眼下に見えてくる。

機は、東に向って飛んでいる。千葉県を横断して、海に出た。

急に、無線電話に、この機を呼び出す声が激しくなった。

「『かもめ』応答せよ。こちら司令室。『かもめ』応答せよ。現在位置を知らせよ」

神崎は、手を伸ばして、無線のスイッチを切った。

「どうやら、警察が動き出したらしい」

「このヘリコプターが、誘拐に一役買ったとわかったのかな？」

加藤が、神崎を見た。

「今のところは、疑いを持ち始めたという段階だろう。まあ、予定どおりの動きだ」

神崎は、強がりでなくいった。

今までのところ、事態は、彼が計画したとおりに動いている。

平松が、高度を下げた。

海岸から、五キロ沖に小さな無人島が見えた。

平松は、その無人島の裏側に、ゆっくりヘリコプターを降下させていった。

白く塗られた大型モーターボートが、視界に入ってくる。

神崎が、金を出し、青木の名前で購入して、あらかじめ、この無人島の裏側の入江に泊《と》めておいたものだった。

メンバーが七人だったら、船に一人残しておけたのだが、その中の一人の高田が死んでしまったので、危険を承知で、無人のまま、錨《いかり》を入れておかなければならなかった。

平松は、海面上百メートルのところで、空中停止《ホバリング》させた。

慎重に、ボートを観察した。ここに泊めておいた間に、誰かが乗り込んでいたら大変だったからである。

「大丈夫だ」

と、神崎がいった。

「予定どおり行動するぞ」

「O・K」

と、竹谷がいい、自分の身体にロープを巻きつけた。

ドアを開け、竹谷の身体を、ゆっくりモーターボートの上におろしていく。竹谷の足が、甲板に着いたとたんに、三十九フィートのボートが、ぐらりと揺れた。はッとしたが、竹谷は、上を見上げて、ニヤッと笑った。

次は、三田首相の身体を、ボートにおろす番だった。何億円もの身代金がとれる人質である。慎重の上にも慎重に扱わなければならなかった。

「早くしてくれ！」

と、操縦席では、平松が怒鳴った。

「あと少しで燃料切れだぞ！」

「そう怒鳴るなよ！」

と、神崎が怒鳴り返した。

貴重品の詰った荷物のように、ボートの甲板に三田首相がおろされると、神崎は、不用になったロープを海に向って投げ捨てた。

「いいぞ」

と、平松の肩を叩く。

ヘリコプターは、沖合に向って横滑りして行ってから、着水した。

箱型の胴体を持ったアルウェットⅢ型機は、船のように海面に浮いた。が、船でない証拠に、ゆっくりと浸水してきた。

竹谷の運転するモーターボートが近づいてくる。それに向って、神崎たちは、海に飛び込んで泳ぎ出した。十月上旬の海は、思ったより温《あたた》かかった。

辿りついた者から、ボートに這《は》い上った。

今までの緊張感から解放されて、神崎たちは、甲板《デッキ》に座り込んだ。

その彼等の眼の前で、重量千百キロのフランス製ヘリコプターが、音もなく海に沈んでいった。

これで、証拠の一つを消したのだ。この辺りの水深は、約百メートル。海底に沈んだヘリコプターは、まず発見されないだろう。

「これからどうするんです？」と、青木が、神崎にきいた。

「すぐ、首相の身代金を要求しますか？」

「おれは、腹が減ったよ。働きづめだったんでね」

と、平松がいった。

「食事にしよう」

神崎が、そう決断した。

船内には、八つのベッドや、冷蔵庫、トイレ、キッチンなどが完備している。食糧や、医薬品、飲料水などは、前もって積み込んであった。

三田首相は、ベッドの一つに寝かせた。麻酔が完全にきれるには、あと三十分ぐらいかかるだろう。

料理は、唯一人《ただひとり》の女性である千津子が腕を振るうことになった。

料理が出来るまでの間、他の者は、甲板に並んで腰を下し、釣糸を垂れた。漁船などが近づいて来たとき、怪しまれないためだった。

神崎が、甲板に置いたトランジスタ・ラジオのスイッチを入れた。

景気のいいロックが流れてきた。

「臨時ニュースをやらないのかな？」

青木が、ダイヤルを廻しながら呟《つぶや》いた。どの局も、音楽を流している。

「そんなものはやらないさ」と、神崎がいった。

「一国の首相が誘拐されたなんてニュースを流したら、大騒ぎになるじゃないか。政府と警察が、報道管制を敷くに決まっている」

「そうなると、われわれは、身代金を要求しやすくなりますね」

と、平松が、煙草を取り出しながらいった。

「その通りだよ。それに、首相は、二十日に東南アジア訪問に出発する予定になっているんだ。誘拐されて、行けなくなったでは、国際信用にひびくし、日本の治安だって疑われるだろう。だから、どんな要求でも呑む筈だ」

「身代金は、いくら要求する積りです？」

加藤が、きいた。

「最低、十億円は要求する積りだ」

「すると、一人一億七千万円弱か」

ひゅーッと、誰かが、口笛を吹いた。

「これは、あくまで最低だよ」と、神崎は笑った。

「二十億円でも、多分、払うだろう」

「百億円でも？」

竹谷が、顔を突き出すようにして、神崎にきいた。

「そこが難しいんだ。われわれは、身代金を政府に要求するわけだが、政府が、三田首相に、どれだけの価値があると考えているかが問題だ」

「どうも、最近は、総理大臣の値打ちが下落しているからな」

「しかし、首相は首相だぜ」と、平松がいった。

「日本で一番偉い人間なんだ。百億円だって払うんじゃないかな」

「払いやすいことが必要だよ」と、神崎がいった。

「このくらいなら、すぐ払って、首相を取り戻すべきだと相手が決断する金額であることが必要だ」

神崎が、そういったとき、船室《キャビン》から、「先生！」と、千津子が呼んだ。

神崎が、のぞき込むと、彼女が、ベッドに横たわっている三田首相を指さしている。どうやら、気がついたらしい。

神崎は、船室に入って行った。

三田首相は、首を小さく振りながら、ベッドに起きあがった。身体がふらついている。

「気がつかれましたか」

神崎は、ベッドに腰を下して、三田首相に声をかけた。

三田首相は、焦点の定まらぬ眼で、船室内を見廻した。

「ここはどこかね？」

「私のボートの中です」

「ボートだって？　君は誰だ？」

と、首相は、眼をこすった。

「国立中央病院の内科診察室でお会いした神崎です」

「そうだ。君は、内科部長だ。君が、私をここへ連れて来たのか？」

「そうです」

「何のために？」

「おわかりになりませんか？」

「わかりませんね」

「誘拐です」

「何だって？」

「われわれは、あなたを誘拐したのです。これから、あなたの身代金を要求するところです」

「詰らん冗談は止めて、私を早く帰したまえ。これから国会があるし、二十日には、東南アジア歴訪に出発することになっておるんだ」

「残念ながら、これは遊びや冗談じゃありません」

神崎がいい、平松が、近づいて、S&W三八口径の銃口を、首相に向けた。

「この拳銃も本物です。逃げようとなされば、容赦なく射殺しますよ」

首相の顔が蒼ざめた。

「どうやら、本気のようだな」

「やっと、おわかり頂けたようですね」

「しかし、こんな馬鹿なことをして、捕まらんとでも思っているのかね」

「それは、われわれ自身が心配しますよ」

と、神崎は、小さく笑った。

5

おそい昼食は、ライスカレーだった。

「召しあがりませんか？」

と、神崎は、首相に声をかけた。が、首相は、首を横に振った。

昼食がすむと、神崎の運転で、「ピンクパンサー」と名付けられたモーターボートは、ヨットハーバーのある勝山《かつやま》港に向って走り出した。

全員が、船に用意してあった白い船員服《セーラー》を着た。神崎は紋章のついたブレザーを着、船長の帽子をかぶった。

すでに、午後四時を廻っている。警察の捜査は、極秘裏に始まっているだろう。

勝山港の中のヨットハーバーで、投錨《とうびょう》した。

神崎と、平松の二人が、サングラスをかけて上陸した。

近くの公衆電話ボックスに身体を入れ、受話器を取って、神崎が、首相官邸のダイヤルを廻した。送話口にハンカチをかぶせて、

「首相官邸だね？」

「陳情なら、文書でやって頂きます」

切り口上の男の声が、はね返ってきた。妙にいらだっているところをみると、予想どおり、首相誘拐で、首相の周囲の人間は、一様に殺気だっているのだろう。

「そんなもんじゃない。私が欲しいのは、三田首相の身代金だ」

「何だって？」

確実に相手の声が、一オクターブほど甲高くなった。

「私が、首相を預かっている。身代金は二十億円。一円もまけることはできない。首相を無事に返して欲しければ、今夜八時までに、二十億円の現金を用意しておくんだ。また、十時に連絡する」

「もう一度、話してくれないか。よく聞きとれないので」

「これは録音されているんだろう。わからなかったら、テープをもう一度聞いてみることだ」

「君が嘘をついていないと、どうしてわかる？」

「首相が消えたのを知っているのが、何よりの証拠だろう。いいかね。午後十時だ」

それだけいうと、神崎は、さっさと電話を切ってしまった。逆探知されてはかなわない。

これで、第二段階は終了したのだ。

第五章　追跡

1

首相官邸に、全閣僚が、続々と集まってきた。党政調会長や、幹事長も、あたふたと駆けつけた。

矢部警部を長とする七人の刑事グループも、覆面パトカーで、すでに首相官邸に来ていた。

中井秘書官が蒼ざめた顔で、首相が誘拐されたいきさつを、閣僚たちに説明した。

「――これは、矢部警部と意見が一致したことですが、首相は、東京消防庁の救急ヘリコプターによって、いずこかへ連れ去られたものと思われます」

「何ということだ」

と、法務大臣の植村《うえむら》が、舌打ちした。

四十二歳の若さで、文部大臣の椅子についた片岡《かたおか》は、両腕を組んで、秘書官に、

「どこへ連れ去られたのか、見当もつかんのかね？」

「残念ながらつきません」

「君はどうだね？」

と、幹事長の宇垣《うがき》が、鋭い目で、矢部を見た。この五十五歳の幹事長は、誘拐された三田首相の後継者を自任している男だった。

「私にもわかりません。しかし、東京消防庁に問い合わせたところ、このヘリコプターは、すでに燃料がなくなっている筈ですので、どこかに着陸しているものと思われます。赤い機体に、白い線が入っている派手なヘリコプターですから、案外、簡単に発見できるものと考え、全力を尽くしています」

「犯人については、何もわからんのかね？　病院では、かなり多くの人間に顔を見られているんだろう？」

「その通りです。犯人は、女一人を含む六人組と思われます。中央病院のレントゲン技師や、監禁された内科部長、看護婦が、そう証言しております。問題は、彼らのリーダーですが、年齢四十四、五歳、黒縁の眼鏡をかけ、口ひげを生やしていた男が、

指揮をしていたようです。これは、まだ確認されていませんが、前に、中央病院にいた神崎という医者ではないかと思われます。この神崎医師は、内科部長をしていたんですが、ある事件に関係して、K島の診療所に飛ばされました。今日、そのK島で事故があり、救急ヘリコプターが飛んだそうですから、どうも、これら、一連の事件のようです。今、K島にも問い合せ中です」

矢部が説明している間に、三根《みね》刑事部長と、本多《ほんだ》捜査一課長も、緊張した顔で駆けつけて来た。

「身代金を要求してきたさっきの電話は、どう思うかね？」

と、今度は、大蔵大臣の藤城《ふじしろ》が、質問した。藤城は、副総理でもあった。

矢部は、問題のテープを二度聞かせて貰っていた。

「首相が誘拐されて、まだ二時間四十分しかたっていません。それに報道は押さえられているのに、誘拐したといってきたのは、犯人である証拠と私は考えます。声の調子からみて、マスクをかけているか、電話の送話口に布地をかぶせているものと、思われます」

「とにかく、犯人逮捕と、首相の救出に全力を尽くしてくれたまえ」

と、藤城は、矢部の肩を叩いてから、他の閣僚や、幹事長などを促して、別室に入って行った。

ドアをきちんと閉めてから、藤城は、自分を落着かせるように、煙草を取り出して、口にくわえたが、火をつけずに、テーブルの上に置いてしまった。

「さて、どうしたらいいかね？」

と、藤城は、他の閣僚を見廻した。

「問題は二つあると思う」と、幹事長の宇垣は、太い腕を組み、宙を睨《にら》むように見ていった。

「総理の救出がまず第一であることは勿論だが、内外に対する影響力も心配だ。中井秘書官の話では、日本の新聞は、今度の事件を伏せておくことに同意してくれたようだが、外国の特派員が問題だ。日本の首相が白昼誘拐されたなどということが、世界中にニュースとなって拡がったら、これまで、文明国の中では治安がしっかりしているという日本の評判が、がた落ちになる。この方の手を打つことが、まず第一。第二の問題は、国会対策だ。明日も十時から国会が開かれる。総理が出席しなければ、野党の諸君は、当然、騒ぎ出すだろう。与党の議員もだよ。これをどうするかということだ。二十日からの東南アジア歴訪のこともあるが、これは、まだ先の問題だから、まず、私が今いった二つの問題を考えて貰いたいのだ」

「今のところ、外国の特派員が、この事件を知った気配はありません」と、中井秘書官が、ハンカチで、額の汗を拭きながら説明した。さして、室内は暑くないのだが、緊張しすぎているのだろう。

「それに、首相誘拐の噂を耳にしたとしても、重大問題ですから、慎重に確認しようとすると思います。二十四時間以内でしたら、外国特派員に、事件を知られることはないと考えています」

「国会対策は？」

と、藤城副総理が、政調会長の佐々木《さ さ き》を振り返った。

政調会長が二度目という七十二歳の佐々木は、眼鏡の奥の細い眼をしばたたいてから、

「首相を明日の午前十時までに救出できれば、別に国会対策は必要ないよ。問題は、国会の開く十時までに救出できなかった時だ。その時には、私が、野党の党首に会って話をする。真相を話すより仕方がないだろう。まあ、野党の諸君も協力してくれるだろうが、借りを作ることになるから早く救出して貰いたいものだね」

「身代金の二十億円だが――」

と、藤城がいいかけると、引きさらうように、幹事長の宇垣が、

「払うより仕方がないだろう。何よりも、首相を救け出さなければならんのだからね」

と、断定した。

藤城が、嫌な顔をしたのは、この場の主導権を、宇垣にさらわれたような気がしたからだった。

藤城は、三田の次に、自分が首相の椅子につくものと確信していた。ただ一人、競争相手がいるとすれば、幹事長の宇垣である。

もし、今度の突発事件の解決に、宇垣が活躍したら、党内の人望が、宇垣に集まってしまう恐れがある。

「しかし、二十億円を、どこから出すのかね？　国家予算から支払っていいのかね？法務大臣」

と、藤城は、植村に眼を向けた。

「それは、三田君が、三田君個人として誘拐されたのか、日本の首相として誘拐されたかによって違ってくるね」と、植村は、わかり切ったことをいった。

「首相として誘拐されたのなら、当然、国費から支払うべきだね。犯人たちは、日本の首相を誘拐して、国家に挑戦しておるんだから」

「植村君。三田個人が誘拐されるなんてことはあり得ないじゃないか」

と、政調会長の佐々木が笑った。他の者が笑ったら、こんな時に不謹慎なと、眉をひそめられたかも知れないが、長老の佐々木では、誰も、何ともいわなかった。

藤城は、念を押すように、

「身代金を国庫から支出しても、あとになって、問題になるようなことはあるまいね？」

と、法相の植村にただした。

「ないね」と、植村は、毛の薄くなった頭を大きく振って見せた。

「相手は個人だが、これは、戦争を仕掛けられたに等しい。臨時の支出が認められる事例に該当する」

「よし。じゃあ、私が、日銀に連絡して――」

と、藤城がいいかけたとき、また、宇垣が、手を伸ばして、受話器を取り上げた。

「野村《のむら》君を呼んでくれたまえ」と、宇垣は、ダイヤルを廻してから、大声でいった。

「決まってるじゃないか、日銀総裁の野村君だよ」

2

左文字は、三時間ばかりソファで眠った。どんな事件にぶつかっても、彼は、アメリカ的な合理性を失うことがない男である。眠った方がいい時には眠るのだ。

矢部警部からの連絡によれば、次に犯人から電話が掛かってくるのは、午後十時だというし、救急ヘリコプターや、K島診療所は、警察が全力をあげて調査しているという。それなら、今は、少し眠るべき時だと思ったのである。

正確に三時間眠って、左文字は眼をさました。

史子は、まだ、可愛い顔をして眠っている。

左文字は、完全に夜の帳《とばり》のおりた窓の外の景色にちらりと眼をやってから、洗面所に入り、冷たい水で顔を洗った。

事務所に戻ると、史子が眼をさまして、腕時計を見ている。

「十時まで、あと一時間だよ」

と、左文字は、ソファに腰を下し、煙草をくわえた。

史子は、乱れた髪を、指先で直しながら、

「政府は、二十億円もの身代金を払う気かしら？」

「そりゃあ、払うより仕方がないだろう。明日も国会があるし、二十日からは、首相の東南アジア訪問が控えている。そんな時に、首相が消えたとなったら、大問題だからね。国際的に日本という国の信用が失われかねない。だから、政府としては、どんな大金を払ってでも、首相を救出しようとするさ」

「二十億円か」

史子は、胸にあごを埋めるような恰好《かっこう》をして、

「大金ね」

「ああ、大金だ」

「三田首相に、それだけの価値があるのかなあ。あんまり人気がないけどね。世論調査によれば、支持率は三十パーセントを割ってるのよ」

「身代金は、三田個人に払われるんじゃなくて、日本の首相という地位に支払われると考えるべきなんだ。たとえ国内的人気がなくても、首相が誘拐されたということは、日本にとって不名誉なことだ。国際的な問題になる。だから、世界に知られる前に、何としてでも解決してしまわなければならない。少なくとも、お偉方は、そう考

えている筈だよ」

「一万円札で二十億円というと、大きなスーツケースに二十個ね」

「そうだ。犯人が、どうやって運ぶ積りなのか、興味があるね」

「デノミが実施されていたら、犯人も楽なのにね」

と、史子は、彼女らしくクスッと笑ってから、

「神崎という医者が、主犯《リーダー》だと思う？」

「まず、間違いない線だろうね。東京消防庁の救急ヘリコプターを利用したり、首相が、東南アジア歴訪を前に健康診断を受ける筈だと考えた、その時を狙って誘拐しているのは、医者の証拠だろう。前に、中央病院の内科部長をしていたのなら、あの病院のことに詳しいだろうしね」

「どんな男だと思う？」

「会ったことがないから、想像するより仕方がないが、こんな馬鹿げたことを計画して、しかも実行するんだから、普通の人間じゃないね」

「異常者？」

「いや。頭が切れるが、わがままで、人生を甘く見ている男だ。それに、冷酷でもある。仲間の一人を、殺しているからね。密告を防ぐために」

「犯人たちは、首相を、どこに連れて行ったのかしら？」

「関東地方の地図を持って来てくれ。ゼロ計画《プラン》が防げなかったんだから、首相を救出することで、埋め合せをしようじゃないか」

左文字は、史子の持って来た大きな地図をテーブルの上に拡げた。

「K島の診療所に飛んだヘリコプターは二機だった。江東のヘリポートに帰った『ひばり』は、あと三十分飛べる燃料が残っていたと機長は証言している。犯人たちが乗っとって中央病院の屋上に降下した『かもめ』も、同じだけの燃料が残っていた筈だ。同じ機種だからね」

「アルウェットⅢ型の巡航速度は百九十四キロとなってるわ」

「三十分だから、単純に計算すると、九十七キロになる。しかし、ぎりぎりまで、犯人たちが飛ばしたとは思えないね。少しは余裕を見て、着陸した筈だ。一応、八十キロと考えてみよう」

左文字は、地図の上に、半径八十キロの円を描き込んだ。

北は栃木県の南部、南は三浦半島の先、東は、千葉県を横断して十キロほど九十九里《くじゅうくり》浜の海へ出る。西は八王子を越え、相模湖に出てしまう。

「ヘリコプターは、この円内のどこかに着陸した筈だ」

「そうだけど、広過ぎるわ」

史子は溜息《ためいき》をついた。

「わかっている。だが、警察も、ヘリコプターを使って、この円内を調査した筈だ」

「明るい中《うち》の空からの捜索では、見つからなかったらしいわ」

「問題は、そこにある」

「どこに？」

「矢部警部の話によれば、警視庁、消防庁のヘリコプター八機を動員して、事件直後の三時二十分から五時まで捜索が行われた。捜索は、この円を八等分して、各機が、低空を飛んで捜索したということだ」

「合理的な捜索ね」

「しかも、救急ヘリコプターは、真っ赤に塗られているから、よく目立つ機体だよ。それなのに、発見されなかった」

「犯人が、どこかに隠したんじゃないかしら」

「何処《どこ》へだい？」

「例えば、雑木林の中だとか、大きな倉庫の中へだとか」

「ヘリコプターの全長は一〇・一七メートル、高さは、三メートルもあるんだ。平地に着陸したものを、雑木林の中に押し込むことは出来ないし、このヘリコプターを格納できるような大きな倉庫は、ちょっとないんじゃないかね」

「飛行場の格納庫は？」

「いい着眼点だが違うね。救急ヘリコプターは、今もいったように、機体が赤く塗られ、そこに白い線が入り、東京消防庁の文字が書いてあるんだ。こんな目立つヘリコプターがいきなり着陸すれば、話題になる筈だ。それなのに、そんな話が伝わって来ないのは、飛行場に降りなかった証拠じゃないかな。また、同じ理由で、人口密集地帯には降りなかった筈だ。とすると、人気《ひとけ》のない平地に降りたことになるが、そうだとすると、逆に、簡単に見つかる筈だ」

「じゃあ、問題のヘリコプターは、どこに着陸したと思うの？」

「人気のないところで、しかも、発見されないところといえば、一つしかない」

左文字は、指先を、地図の上をずらせていき、青い部分で止めた。

「海だよ」

3

午後十時が近づくと、首相官邸は、異常な興奮に包まれた。

二十億円の札束は、二時間前に、現金輸送車で運ばれて来ている。

「犯人が、電話してきたら、何よりも先に、首相の生存を確認したまえ」

と、副総理の藤城が、中井秘書官に念を押した。わかっていますというように、中井が肯《うなず》いた時、けたたましく電話が鳴った。

中井が、受話器を取ると同時に、接続してあるテープ・レコーダーが廻り出す。

「中井秘書官です」

と、秘書官は、緊張した甲高い声でいった。部屋にいる全員の眼と耳が、中井の持っている受話器に集中した。

「私だ。わかるかね？」

という、聞き覚えのある声が、中井の耳に聞こえた。

中井は、聞き耳をたてている人々に、同じ男だというように合図した。

「君の声は、覚えているよ」

と、中井はいった。

「それはいい」と、相手は、落着き払った声でいった。

「用件に入ろう。二十億円は、用意できたかね？」

「用意した。日銀から首相官邸に運ばせてある。だが、君が本当に、総理を誘拐しているという証拠がなければ、われわれは、たとえ一円たりとも支払うわけにはいかん。総理が無事に戻るという保証がなければ、支払うわけにはいかないのだ」

「なるほどな。だが、私が、首相の消えたことを知っているのが、誘拐した証拠じゃないかね」

「じゃあ、総理の無事な声を聞かせたまえ」

「われわれが、切り札の首相を殺すと思うのかね？　そんな馬鹿なことをすると思うのかね？」

「それなら、総理の声を聞かせられる筈だ」

と、中井秘書官は、受話器を握りしめて頑張った。

三田首相の無事を、まず確認しなければならない。しかし、相手を怒らして、最悪の事態になることも避けなければならなかった。

相手は、黙ってしまった。

中井の顔が蒼《あお》ざめた。相手を怒らせてしまったのかと思ったからである。

しかし、二、三分して、電話に戻ってきた男の声は、相変らず、落着いたものだった。

「今は、首相の声を聞かせることは出来ない」

「何故《なぜ》だ？」

「それは、こちらの事情だ。ただ、首相の声を聞かせることは同意しよう。明日の朝、七時に、また電話する。お休み」

「待ってくれ！」

と、中井は、あわてて怒鳴った。

「何だね？」

「明日は、午前十時から国会がある。総理は、それに出席しなければならんのだ。それまでに、総理を釈放して貰いたい」

「条件をつけたのは、そっちだよ。とにかく、明日の午前七時だ。お休み。秘書官」

「もし、もし。おい！」

と、中井秘書官は、送話口に向って叫んだが、相手は、すでに電話を切っていた。

中井が、まわりを取り囲んでいる人々に向って、

「切れました」

と、いった。

井上刑事が、他の電話で、逆探知の結果を問い合わせたが、失望した表情で、受話

器を置き、

「都内の電話ではないということです。わかったのは、それだけです」

と、矢部に報告した。

重苦しい空気が、室内に漂った。

「まずかったんじゃないのかね」

と、幹事長の宇垣が、ちらりと藤城を見ていった。

副総理の藤城は、むっとした顔で、

「何がかね？」

「身代金を払うのに、条件をつけ過ぎたんじゃないかねえ。確かに二十億円は大金だが、一国の総理の命がかかっているんだ。とにかく支払って、総理を救出するのが正しかったんじゃないのかねえ」

「私が、秘書官に条件をつけたのが、いけなかったみたいないい方だが」

「いけなかったとはいわないが、救出が遅れることは確かだな」

宇垣は、他の閣僚の同意を得ようとするように、それぞれの顔を見廻した。

「どうだね？　片岡君」

と、宇垣に、名指しできかれて、若い片岡は、困惑した顔になった。

四十二歳の若さで文部大臣になった片岡は、保守党の次の世代を荷なう男といわれていたし、彼自身も、何年後かの総理の椅子を、ひそかに狙っていた。

それだけに、発言も、慎重にならざるを得なかった。

幹事長の宇垣についた方が得か、副総理の藤城の肩を持った方が得か、それを、瞬間、頭の中で計算した。

とにかく、異常事態である。三田首相が殺される場合も考えておく必要がある。その場合、次期首相は誰になるのか。一応、副総理の藤城が考えられるが、三田首相の救出について、彼にミスがあったとなれば、宇垣が浮かび上って来るだろう。

片岡は、どちらの派閥にも属していなかったから、逆に、彼が伸びていくためには、どちらかの派閥の支持を得る必要があった。

「問題は——」

と、片岡が、考えながらいいかけたとき、長老の佐々木が、

「問題は、三田君を無事に助け出すことだ」

と、いった。

片岡は、ほっとした。

政調会長の佐々木は、言葉を続けて、

「とにかく、明日の七時まで、われわれは、どうすることも出来ん。三田君のことは心配だが、犯人も、二十億円という大金がかかっているんだから、むやみに殺したりはせんだろう。今、われわれが、詰らんことで口論していたら、三田君の救出にも支障をきたすだろうし、わが党の名誉にもかかわってくる。こんな時にこそ、一致団結してことに当るのが、わが党の長所の筈だよ」

「私は別に、詰らんことをいっているつもりはない。問題点を指摘しただけだ」

と、宇垣が、面白くない顔でいった。

佐々木は、眼を閉じ、聞こえないふりをした。この長老は、時々、耳が遠くなるのだ。

宇垣は、身をかわされて、やり場のなくなった不満を、三根刑事部長にぶつけるように、

「明朝七時までに、犯人を逮捕できんのかね？」

と、好人物の三根を睨んだ。

三根は、緊張した顔で、

「全力を尽くす覚悟ではありますが」

「覚悟だけじゃ困るね」

「何分にも、総理の生命がかかっておりますので、慎重の上にも慎重に行動しませんと」

「調査は、どこまで進んでいるのかね？」

「それは、本多君がお答えします」

みんなの眼が、小柄な本多課長に集まった。

本多は、小さく咳払いしてから、

「K島診療所で、縛られ、麻酔薬を射たれていた救急ヘリコプターの武田医師と機長が発見されました。二人の証言によって、犯人が、女一人を含む六人組だとわかりました。リーダーは、前に申し上げた、神崎勇三《ゆうぞう》です。それに、女一人は、彼の女である看護婦の森千津子とわかりました。神崎は、四十五歳。中央病院の内科部長だった男で、問題を起こして、K島診療所に行ったということです。いわば、島流しです。森千津子は二十五歳で、中央病院時代に、神崎と関係が出来たと思われます」

「他の四人については、わかっていないのかね？」

と、法務大臣の植村が、パイプを両手でもてあそびながらきいた。

「今のところ、全員、二十五、六歳から三十歳ぐらいまでの男としかわかっていません。その中の一名は、救急ヘリコプターを操縦したわけですから、ヘリコプターの操縦が出来るわけです」

「神崎の家族は？」

「両親は、すでに死亡し、兄は、有名な弁護士です。しかし、兄は今度の事件には関係がないようです。刑事が事件を伝えたところ、呆然としていたそうですから」

「神崎や、その森千津子という女が行きそうな所には、刑事を張り込ませたんだろうね？」

「もちろん、手配はすませました。しかし、今までのところ、彼等は現われておりません」

「明朝七時までに、犯人を逮捕できる見込みはあるのかね？　正直なところを話して欲しいな」

「全力を尽くすとしか申し上げられません。さきほど、刑事部長が申し上げたように、総理の生命がかかっておりますので、慎重な行動が要求されるからです。警察が動いていると、犯人たちにわかってはまずいので、その点も考慮して行動しておりますので」

「君は、前に誘拐事件を扱ったことがあるのかね？」

「矢部警部が、二つの誘拐事件を解決しているベテランですから、お委《まか》せになって大丈夫だと思います」

「じゃあ、君の考えを聞こうか」

と、法務大臣の植村は、矢部に視線を向けた。

矢部は、ちらりと腕時計に眼を走らせてから、

「明日の午前七時以降が勝負です。絶対に、首相を助け出し、犯人たちを逮捕してみせます。問題は、犯人がどんな要求を出してくるかということです」

「二十億円という途方もない要求を、すでに出して来ているじゃないか」

「彼等は、他にも要求してくるに決まっています」

「どんなことをだね？」

「まず考えられるのが、逃走の手段です。特に、神崎と森千津子は、自分たちの正体が割れるのを覚悟しているでしょうから、金を手に入れて、無事に逃走できる保証を要求してくるものと思います」

「具体的にいうと、どんなことかね？」

「それはわかりませんが、逃走用の飛行機を用意しろといって来るかも知れません」

「飛行機だと？」

宇垣が、顔を真っ赤にして、怒鳴った。

「そんな要求まで呑んでいたら、国会が開かれるまでに、総理を救出できなくなるぞ」

「これはあくまで仮定の問題です」と、矢部は、宇垣にいった。

「飛行機は、要求して来ないかも知れません。ところで、皆さんに、ご了承頂かなければならないことがあります」

「何だね？」

と、佐々木老人が、きいた。

「左文字進《すすむ》という私立探偵が、事件の解決のために動いています。頭が切れて、信用のおける男です」

「私立探偵だと？」

と、また、宇垣が大きな声を出した。

三根刑事部長が、矢部に代って、左文字が、前の二つの誘拐事件で、警察に協力してくれたことを、宇垣幹事長に説明した。

「矢部君のいうように、信用のおける男です。それに、警察が、大っぴらに動けない現在、民間人の左文字君の協力は、どうしても必要です」

4

左文字夫婦は、深夜の京葉道路を、千葉に向って車を走らせていた。

深夜放送のラジオも、いつものように、音楽を流すだけで、臨時ニュースは全くない。箝口令《かんこうれい》は、完全に守られているようだった。

左文字は、中古のオースチン・ミニ・クーパーSを走らせながら、時計を見た。

午前二時。

すでに、十月八日に入ったのだ。

「七時まで、あと五時間ね」

と、助手席で、ゲルベゾルテをふかしていた史子が、いった。

「矢部警部たちは、上手《うま》く三田首相を救出できるかしら？」

「それは、犯人たちの出方いかんだろう。僕には、犯人たちが、金を手にしたあとも簡単に、切り札である首相を釈放するとは思えないんだよ」

「その点は、賛成だわ。きっと、無事に逃げられるまで、首相を手放さないと思うわ」

「そうなると、解決は長引くと覚悟する必要がある。矢部警部が、犯人は午前七時に電話してくることになったと教えてくれたとき、それを警告してやったんだがね。大臣方は、何が何でも、国会の開かれる午前十時までに、解決させたいようだ」

「犯人たちは、逃走用の飛行機を要求すると思うわ」

「矢部警部も同じ考えのようだよ。そうなった時にどうするか、検討するらしい」

「あなたは違う意見なの？」

「さあね。どう出てくるか。その時になったら、対応すればいい。今は、消えてしまったヘリコプターを見つけ出すことだ」

左文字の運転するミニ・クーパーSは、千葉市内を抜け、国道一二六号線を、東に向って走る。

東金《とうがね》市を通過したのが午前三時。三時半には、九十九里浜のほぼ中央にある海辺の町、九十九里町に着いていた。

左文字は、海沿いの道に、いったん車を止めた。

眼の前に、太平洋が、黒々と広がっている。

「明るくなるまで待とう」

と、左文字は、座席に寄りかかり、煙草に火をつけた。

時たま、トラックが、轟音《ごうおん》を立てて走り過ぎて行く。

「この海に、犯人たちは、ヘリコプターを沈めたと思うの？」

史子は、半信半疑で、窓の外に果てしなく広がる夜の海を眺めた。

「他に考えられないよ」と、左文字は、自信満々にいった。

「犯人たちは、ヘリコプターを隠してしまえば、警察に足跡を辿《たど》られずにすむんだ。としたら、必死になって、ヘリコプターを隠す方法を考えた筈だ。山の中に降りれば発見されにくいが、その後の行動が制約される。といって、都市に近い平野に降りたのでは、すぐ発見されてしまう。と考えれば、残るのは、海しかないんだ」

「でも、この九十九里浜は、遠浅で有名なのよ。ヘリコプターが隠れるほどの深さとなると、かなり沖ということになるわ」

「もちろんさ。海岸近くで、着水したら、目撃される可能性は大きいからね。沖へ出てから、着水した筈だ」

「そこから、犯人たちは、泳いで上陸したっていうの？」

「船だよ。船を使ったんだ。前もって、船を待たせておき、ヘリコプターから乗り移り、そのあと、ヘリコプターを沈めたんだ」

「じゃあ、犯人は、もう一人いたというわけ？」

「かも知れないな。犯人たちは、今のところ六人だ。三田首相を入れて七人。普通の乗用車では、乗り切れないし、検問で引っかかる恐れがある。そこへいくと、ちょっと大きなモーターボートなら、七人ぐらい楽々乗れるし、三田首相を、船室に隠すことも出来る。だから、絶対に、船に乗り換えたに違いないさ」

「でも、証拠がないわ」

「それは、この海にヘリコプターが沈んでいることを証明できればいいんだ」

「名探偵さん」

「何でしょうか？　マダム」

「お説はごもっともだけど、この九十九里浜が、どれだけ長いかご存知かしら？」

「さあ。僕は、アメリカ育ちなんでね」

「ここは、昔、海岸の長さが旧法で九十九里あるから、九十九里浜といったわけよ。今でいえば五十五キロだわ。車で走るだけだって、四、五十分はかかってしまうわ。どうやって、沈んでいるヘリコプターを見つけ出すおつもりかしら？」

「もちろん、この海岸全部を調べるとなったら、お手上げだよ」と、左文字は、微笑した。

「だがね。犯人たちは、船に乗りかえたと考えれば、話は違ってくる。犯人の心理を考えてみるんだ。丸見えの海の上で、そんなことをするかね？」

「島――ね？」

「その通り。僕が犯人だったら、島かげに船を隠しておき、そこへ、ヘリコプターを降ろすね。犯人たちだって、そうしたに違いないんだ。それも、無人島でなければならない。かなり沖にある無人島だ。そうなるとだね」

左文字は、車内灯をつけ、地図を拡げた。

「この条件に合う島となると、長い九十九里の海岸線の中でも、二ヵ所しかないんだ」

彼は、万年筆で、地図に書き込んである二つの島を、丸く囲んだ。

5

水平線に陽が昇るのを待ちかねて、左文字は、車をスタートさせた。

第一の無人島は、北へ約七キロのところにあった。

まず、その島の見える浜辺まで、二人は、ミニ・クーパーSを走らせて行った。太陽は、水平線を離れ、海はキラキラと輝き始めていた。

二人は、車をおりた。

浜辺では、朝の早い土地の漁師が、二、三トンの小さな漁船で、漁に出て行こうとしていた。

左文字は、その中の一人に、「おはよう」と、声をかけた。

陽焼けした六十歳くらいの漁師は、青い眼の左文字を見て、びっくりした顔になった。

「あの島だけど」

と、左文字は、二キロほど沖にある島を指さした。

「あの島は、無人島だよ」

と、漁師がいう。

「島の近くは、どのくらい深いかわかるかな？」

「釣りでもするのかね？」

「ああ」

「じゃあ、駄目だ。いいポイントがないから、大物は釣れねえよ」

「深さは、どのくらいなの？」

「五、六メートルってとこかな」

「じゃあ、海底が見えるね？」

「ああ。見えるよ」

（違うな）

と、左文字は思った。そんなところに、ヘリコプターを沈める筈がない。

左文字は、史子を促して車に戻ると、今度は、海沿いの道を南下した。

時間が、容赦なくたっていく。第二の無人島が見える場所へ着いた時は、すでに六時半を廻っていた。

車をおりたが、前のところと違って、漁師の姿は見えなかった。

ただ、小さな漁船が三隻ばかり、浜辺に並べてある。

そこへ、老人が来たので、左文字が呼び止めた。

老人は、近頃、いわしがとれなくなったので、漁に出ないのだと、重い口調でいった。

「沖に浮んでいる島だけど」

「猿が島なら、人は住んでいないよ。水が出ないからね」

小柄な老人は、砂浜に置いた舟に腰を下して、煙草を取り出した。

「あの島の周囲は、深いかね？」

「浅くはないよ。先月だったかな。東京のダイバーが、島の東側でもぐっていて、死んだ。深くて、冷たいので、心臓麻痺を起こしたってことだ」

「舟を出してくれないかね。あの島まで」

「釣りでもするのかね？」

老人は、煙管《きせる》を、ポンと叩《はた》き、新しい煙草を詰めて火をつけた。

「いや。ただ、どんな島か近くへ行って見てみたいんだ。お礼はするから、お願い出来ないかな」

「お願いしますわ」

と、史子も、傍からいった。

老人は、また、おもむろに、煙管を叩いた。

「まあ、舟もあるし、わしも暇だからな」

舟を押し出すのを手伝わされてから、左文字たちは、乾いたエンジンの音を立てる小さな漁船で、沖へ出て行った。

波のない穏やかな日だった。

「昨日も、こんな風に、海は穏やかだったかね？」

と、左文字がきくと、

「ここ四、五日、ずっと凪《な》ぎだよ」

「昨日の午後三時頃、この近くにヘリコプターが飛んで来なかったかね？　真っ赤なヘリコプターなんだが」

「さあねえ。さっきもいったように、この頃は、漁に出ないから」

「爆音は聞いたんじゃないの？」

と、史子がきくと、

「午後になると、ダンプがやたらに通るんでね。その音がうるさくて、何も聞こえんのだよ。埃《ほこり》が舞い込んでくるものだから、戸も閉めてるしねえ」

島の近くに着いた。

海面をのぞいて見ると、なるほど、青黒く澱《よど》んで、いかにも深そうだった。

舟を、島の裏側に廻して貰った。深い入江が見えて来た。

「船を隠すには、もって来いの場所だな」

と、左文字が呟いた。松の枝が、入江の奥を蔽《おお》っていて、上からも発見しにくいだろう。

「もう少し沖へ出て見てくれないかな」

と、左文字は頼んだ。

「何を探すの？」

史子が、小声できく。

「ヘリコプターが沈んでいる証拠を探すんだ」

「でも、沈んでしまっているのに、何か見つかると思うの？」

「飛行機には、いろいろな附属品がついている。その中には、比重が軽いものも多い筈だよ。われわれがついていれば、何か浮び上って来ている筈だ」

「ついてなければ？」

「今、胸の中で、神様に祈っているよ」

「何だか知らんが、水神様にお祈りした方がいいねえ」

と、老人が、ニコリともしないでいった。

老人が、水神様に祈ってくれたかどうかわからない。

なかなか、ヘリコプターのものと思われる浮遊物は見つからなかった。木片が浮んでいるので、勇んで近づくと、下駄の片方だったりした。まさか、救急ヘリコプターに、下駄は積んでいまい。

「油だ！」

ふいに、老人が、大声を出して、海面の一ヵ所を指さした。

青い海面に、茶褐色の油膜が拡がっている。

「誰が、あんなものを流しやがったんだ」

と、老人は、舌打ちした。

「舟を近づけてくれないか」

左文字は、舟を近づけさせると、じっと、眼の前に拡がる油膜を見つめた。薄汚れた油膜は、ただ漂っているのではなく、少しずつ拡がっていく。海底から、量は少ないが、わきあがってくる感じだった。

「ヘリコプターだ」と、左文字が、史子にいった。

「沈んだヘリコプターの残っていたガソリンが、少しずつ洩《も》れているんだ」

「かも知れないけど、証拠はないわ。ドラム罐《かん》が沈んでたって、油は浮いてくるわ」

「じゃあ、ヘリコプターだということを証明すればいいわけだろう」

「どうやって？　この油を持って帰って分析して、航空機用ガソリンかどうか確かめるわけ？　でも、そうだったとしても、沈んでいるのが、あたし達の探している救急ヘリコプターとは限らないわよ。航空用ガソリンの詰ったドラム罐かも知れないし」

「そんな手間のかかることはやらないよ。もう少し荒っぽくやる。ここの深さは、何メートルくらいかな？」

と、左文字は、老人にきいた。

「百二十メートルくらいだね」

「百二十メートルも、もぐれないわよ」と、史子がいった。

「ボンベを使ったって」

「爆薬を投げ込むのさ。沈んでいるヘリコプターをぶっこわせば、附属品が浮き上ってくる」

「ちょっと、あんたがた」と、老人が、あわてて、二人を睨んだ。

「爆弾なんか投げ込んで、これ以上油が流れたらどうするのかね。これ以上、海が汚染されちゃあ、かなわんからね」

「大丈夫だよ。おやじさん。沈んでいるヘリコプターには、燃料は殆《ほとん》ど残ってないんだ。爆破しても、これ以上、油は流れないさ。すぐ岸に戻ってくれ」

6

陸《おか》に戻ると、左文字は、近くの工事現場に車を飛ばした。

こんな時の左文字は、ひたすら強引である。警視総監の名前を出して、現場監督に、ダイナマイトと、電気式信管をゆずってくれるように頼んだ。

もちろん、いくら彼が青い眼をしていても、言葉だけで、相手が信用する筈がない。

左文字は、首相官邸に電話をかけ、矢部警部を呼び出して貰った。

「僕だ。左文字だ」

と、いうと、矢部は、大きな声で、

「いったい、何処《どこ》にいるんだ？　あと八分で、犯人から電話が入るんだ。少しでも犯人について、手掛りをつかんだのなら、連絡してくれなきゃ困るじゃないか」

と、文句をいった。

「それについて、今、電話を代る人に、ダイナマイトと信管をゆずってくれるようにいって欲しいんだ」

「ダイナマイトなんか、どうするんだ？」

「説明している暇はないんだ。頼むよ」

「ダイナマイトで、犯人が見つかるのかい？」

「多分ね。頼むよ」

「いいだろう。わけがわからんが、電話を代ってくれ」

そのあと、矢部が、どう説明してくれたのかわからないが、不精ひげを生やした現場監督は、ダイナマイト十本と、電気式信管、コードをわけてくれた。

左文字は、その他、電池と目覚時計、それにビニールの袋を買って、即製の時限爆弾を作りあげた。

左文字と史子は、それを持って、もう一度、さっきの老人の舟で、現場に乗り出して行った。

重石をつけたダイナマイトが、百二十メートルの海底まで、何秒で沈むか、左文字にもわからない。多分、二分ぐらいのものだろうが、舟で避難する余裕を考え、左文字は、十分後に爆発するようにセットし、それを、ビニール袋に包み、厳重に封をして、油の湧き上ってくる場所に沈めた。

ゆっくりと、海底に向って沈んでいくのを見定めてから、老人に合図して、舟を、無人島の反対側に避難させて貰った。

正確に十分後。十本のダイナマイトが、百二十メートルの海底で爆発した。

海面が盛り上り、次の瞬間、激しい水柱が立った。海鳴りが耳を打った。

白い水柱が収まるのを待って、舟を元の位置に戻した。

まだ、何も浮んで来ない。

その中《うち》に、一匹、二匹と、体長二、三十センチの魚が、白い腹を見せて、浮き上ってきた。中層にいた魚が、やられて浮き上ってきたらしい。

左文字は、じっと海面を見つめたまま待った。彼は、自分の推理に自信を持っていた。推理が正しい以上、今の爆発で、何か浮んで来る筈なのだ。

五分、六分と時間だけがたっていく。

「駄目みたいね」

と、史子が、小さな溜息をついた時、白いものが、ぽかりと、海面に浮び上った。

左文字の青い眼が、喰い入るように、それを見つめた。

「救命ブイだ！」

舟を近づけて、拾いあげた。

白く塗られた救命ブイには、「東京消防庁」と、「かもめ」の文字が、鮮やかに書き込んであった。伊豆七島へ飛ぶ関係で、海上に不時着した時のことを考えて、ヘリコプターに、救命ブイが積み込んであったのだろう。

「ここに沈んでいるのは、やはり、犯行に使われたヘリコプターだ」

左文字が、史子を振り返っていった。

だが、史子は、腕時計に眼をやって、

「でも、もう時間だわ」

第六章　第三段階

1

「そろそろ時間だな」

神崎は、食べかけのハムエッグを残して、立ち上った。

「また、先生が電話を掛けにいらっしゃるんですか？」

心配そうに、千津子がいう。

神崎は笑って、

「私がリーダーだからな。それに、電話の声が変ったら、相手が信用しなくなる」

「でも、先生とあたしのことは、もう知られてしまっていると思いますわ。K島診療所に監禁してきた武田医師だって、見つかっている筈ですし――」

「だろうね」

「じゃあ、危険じゃありませんか？」

「ところが、そうでもないんだよ。政府は、今度の事件を公表できない。一国の首相が、白昼誘拐されたなんてことは、外国にだって、国民にだって知られたくないだろうからな。だから、新聞もテレビも報道していない。私と君の顔写真も、昨日の今日では、まだ、各警察署には配布されていない筈だ。とすればだ。君が考えているほど、私は、危険じゃないのさ」

「じゃあ、あたしだって、同じことですわね」

「ああ」

「それなら、あたしも一緒に、電話を掛けに行きます」

千津子は、きっぱりといい、さっさと神崎よりも先に、船室《キャビン》を出た。

神崎は、食卓《テーブル》のまわりに腰を下している平松たちに、

「首相を頼むよ」

と、声をかけた。

船室を二つに区切り、奥に、三田首相を監禁してあった。

平松は、ニヤッと笑って、

「大人《おとな》しい爺さんだから、大丈夫ですよ」

と、いった。

神崎は、船長帽《キャプテンハット》をかぶって、船室を出た。

快晴を約束するように、明るい陽光が、マリーナ全体に降り注いでいる。

停泊しているボートは、約百五、六十隻。

神崎は、桟橋を、千津子と肩を並べて、レストハウスに向って歩いて行った。

これから、南太平洋にでも向うのか、ゆっくりと、マリーナを出て行く大型ヨットが見える。

「お金が入ったら、ヨットで世界一周なんかしてみたいわ」

二人だけになると、千津子は、甘えたいい方になった。

「悪くないね」

と、神崎は、微笑した。確かに悪くない。

レストハウスの近くにある公衆電話ボックスに、神崎が入り、千津子は、外で見張役になった。

神崎は、ポケットから、小型のテープ・レコーダーを取り出し、それを棚に置いてから、首相官邸のダイヤルを廻した。

待ち構えていたように、中井秘書官の声が出た。

「約束の時間に、十分も遅れたぞ！」

と、秘書官は、いきなり嚙《か》みついてきた。

多分、秘書官だけでなく、電話の向うにいる政府の要人たち全員が、いらだっているに違いない。

神崎は、クッ、クッと、のどの奥で笑った。楽しかったのだ。相手が焦れば焦るほど、この取引きは有利になる。

「たった十分間だよ」

と、神崎はいった。

「二十億円は用意してある。どうしたら、総理を釈放してくれる？」

「こっちに、二十億円が手に入った時点で、三田首相は自由にする」

「わかった。総理は無事だろうね？」

「昨日の約束は覚えている。今、首相の声を聞かせよう」

神崎は、受話器にテープ・レコーダーを押しつけるようにして、スイッチを入れた。

昨夜、三田首相に喋《しやべ》らせて、録音したものだった。

——私は三田だ。今の私は無事だ。別に危害を加えられていないし、怪我《けが》もしていない。私のことは、私情にとらわれず、国家的見地から対処して欲しい。

「どうだ？　聞こえたかね？」

神崎がきくと、中井秘書官は、

「それは、録音じゃないか。今現在、総理が無事だという証拠が欲しい」

「彼は無事だよ」

「君の言葉だけじゃあ、信じられん」

「じゃあ勝手にするんだな。三田首相は、死ぬだろうし、われわれは、外国の通信社に、首相誘拐の全てを話す。監禁中の首相の哀れな写真も添えてだ。世界中が、このニュースで持ち切りになるだろうね。日本の治安の悪さと、無策で首相を殺してしまった警察の頭の悪さが、当分の間、世界のマスコミの話題になるんじゃないかねえ」

「待ってくれ！」と、中井秘書官が、あわてて叫んだ。

「君のいう通りにしよう。どうしたらいいんだ？」

「二十億円は、本当に用意したんだろうね？」

「用意してある」

「いいか。よく聞くんだ。その中《うち》十八億円をドルに替えるんだ。全て五百ドル札でだ。そうすれば、量《かさ》は、十七分の一くらいにはなる筈だ。残りの二億円は、そのままでいい」

「ドルにだって？　何故、最初からそういわなかったんだ？」

「こちらのいう通りに動くと約束した筈だよ。それから、スーツケースを四つ用意しろ。中型のスーツケースで、色は、二つが白、残りの二つが茶色だ。用意ができたら、白いスーツケースに、五百ドル札で十八億円を詰め、一万円札で二億円は、茶色のスーツケースに詰めるんだ。九時になったらまた電話する。それまでに用意したまえ。いいか、間違えるんじゃないぞ。白いスーツケースに十八億円分の五百ドル札。茶色の方に二億円分の一万円札だ」

「もう一度、繰り返してくれ」

「駄目だ。確認したければ、テープを廻して聞くんだ。もし、間違えたら、三田首相は帰らないと思うんだな。次は、九時に電話する。それまでに、今いったことを全て用意しておくんだ」

「もし、もし。総理の健康状態をくわしく話してくれないか。どんな状態で監禁されているのかね？　私で良ければ、総理の身代りになりたいんだが、許可してくれないかね？」

「笑わせないで欲しいねえ」と、神崎は、女のように、クックックッと、のどの奥で笑った。

「君が人質だったら、五百万だって払うもんか」

「いや。そんなことはない。政府は――」

「次は九時だ」

神崎は、電話を切ると、電話ボックスの外に待っていた千津子を促して、マリーナに向って歩き出した。

「すぐ出港する」

「何かまずいことでも起きたの？」

千津子は、神崎にもたれるような恰好で歩きながら、心配そうにきいた。

「いや。万事上手《うま》くいっているよ。ただ、今度の電話は少し長過ぎた。逆探知された可能性もある。だから、船を移動させておくんだ」

神崎は、モーターボートに戻ると、船長《キャプテン》の威厳を見せて、メンバーの四人に、

「すぐ出港だ。九時までに、三浦半島の油壷《あぶらつぼ》マリーナへ到着する」

2

二百五十馬力のクライスラー・エンジン二基をつけた三十九フィートの「ピンクパンサー」は、猛然と波をけたてて、東京湾口を横断して、三浦半島に向った。

二十ノットは軽く出ているだろう。

二千五百万円で、ひそかに購入しておいた「ピンクパンサー」は、上部に設けたフライング・ブリッジからでも、船室《キャビン》からでも操縦できるようになっている。

途中から、フライング・ブリッジにいる平松と竹谷に操縦を委せて、神崎は、ウイスキーの水割りを作り、前部キャビンに監禁している三田首相のところへ持って行った。

監禁といっても、別に縛ってあるわけではない。

バース（ベッド）に腰を下していた三田首相は、精一杯の威厳を見せて、神崎を迎えた。

「お飲みになりませんか」

と、神崎は水割りをすすめた。

「いや、いらん」

「お飲みになった方が、元気がつきますよ」

「私は十分に元気だよ」

首相は、そっけなくいい、残り少なくなった葉巻をくわえて火をつけた。それは、先月フィリピンの大統領から、彼の誕生日にプレゼントされたものだった。今度の東南アジア訪問では、その返礼として、すでに、三田家の紋章の入った金のシガレット・ケースを作らせてあった。

「金が手に入り次第、あなたを釈放します」

と、神崎は、微笑しながらいった。三田首相に対して、自分を寛大な人物に見せたかった。スマートな人間に見せたかったのだ。

だが、首相は、堅い表情で、

「そうなると有難いがね」

「信じて頂けないんですか？」

「私は、常に、最悪の事態を考えて行動することにしているのだ」

「殺しはしませんよ。政府がわれわれの要求をのむ限り」

「果してそうかね？」

「何故です？」

「どうも、君たちのメンバーは、統制がとれておらんようだからね。君が約束してくれても、その言葉を鵜呑《うの》みには出来んね」

「そんなことはありません」と、神崎は、気色ばんだ。

「私の命令には、絶対服従を約束させています」

「君はそう思っていても、他の連中は、違う考えを持っているんじゃないかね。君と女性が、出かけたあと、四人が、何か激しく口論していたようだったからねえ」

「そうですか――？」

神崎は、半信半疑で、三田首相の顔を見た。ひょっとすると、内部分裂を起こさせようとする相手の策謀ではないかと思ったからである。

首相は、そんな神崎の気持など構わずに、カーテンの隙《す》き間《ま》から、ちらりと、外を見て、

「何処《どこ》へ行く積りかね？」

「旅をしているのです。しばらくは、総理も、船旅を楽しんで頂きたい」

神崎は、メイン・キャビンに戻った。

船尾のオープン・デッキでは、青木と加藤が、こちらに背を向けて、何か小声で喋

っている。学生活動家あがりのこの二人は、いつになっても、平松、竹谷の二人とは、解け合わないようだ。

神崎は、三田首相の言葉を思い出して、オープン・デッキに出て行った。

青木と加藤は、急に内緒話をやめて、神崎を振り返った。

「これからが大事だから、勝手な行動はつつしんで貰うよ」

神崎は、二人の顔を見比べるようにしていった。

加藤は、ニヤッと笑って、

「僕の方は、どたん場になって、あなたに裏切られやしないかと思って、ひやひやしていますがね」

「私が裏切る？」

「何しろ二十億円といえば大金ですからね。われわれの中に、独り占めしようと考える人間がいたとしても、別に不思議じゃない」

「馬鹿なことをいうな。私は、平等に六人で分ける積りだ。二十億円なら、六人で分けても、一人当り三億円以上はあるからね」

「その言葉を信じていますよ」

ちょっとばかり、皮肉に聞こえるいい方をして、加藤は、また、ニヤッと笑った。

気になる笑い方だった。

神崎は、フライング・ブリッジに上ってみた。

舵輪《だりん》を握っていた平松が、

「少し舵《かじ》が重いですね。パワーステアリングにした方がいいな」

と、楽しそうにいった。この男は、何か動かしていればご機嫌なのだ。

スピードを出しているので、時々、水しぶきが、かかってくる。

「あの二人は、何か企《たくら》んでいるね」

と、竹谷が、オープン・デッキにいる加藤と青木の方を、顎《あご》でしゃくった。

「何をだ？」

神崎が気になってきくと、竹谷は、「さあねえ」と、肩をすくめた。

「どうも、インテリの考えることはわからなくてね」

このヤクザ上りの竹谷だって、胸の中で何を考えているか、わかりはしないのだ。

「時間までに、油壺へ着けてくれよ」

と、神崎は、不機嫌な顔になって、平松にいった。

「ピンクパンサー」は、空《あ》いているブイに船体を繋《つな》いだ。

ここにも、大小さまざまな外洋ヨットや、モーターボートが並んでいる。その中に入ってしまうと、「ピンクパンサー」も、目立たない存在になった。それが、神崎の狙いでもあった。

3

九時になるのを待って、神崎は、千津子と二人、電話をかけるために、上陸した。

レストハウスや、サービス工場が並んでいる。その横を通り抜け、神崎は、公衆電話ボックスに入った。今度も、千津子は、外で見張りに立った。

神崎は、小さく咳払いをしてから、受話器を取りあげ、慎重に、首相官邸のダイヤルを廻した。恐らく、これが、このダイヤルを廻す最後になるだろう。そうでなければ困るのだ。

待ち構えていたように、中井秘書官が出た。相変らず、甲高い声で、

「また、五分遅れたぞ」

と、いきなり文句をいった。

「こちらにとって、時間がどんなに貴重なものかわかっている筈だ。あと一時間で、国会が始まる。それまでに、総理に戻って貰わなければ困るんだ」

「そんなに、ぎゃあぎゃあ騒ぎなさんな。そっちが、こちらのいう通りに動いてくれたら、三田首相は、無事に帰すよ。私のいった通り、白と茶色のスーツケースを用意したろうね？」

「ああ、用意した。白い二つのスーツケースには、五百ドル札を詰めた。一ドル二百七十円のレートで換算したから、約六百六十万ドルだ。茶色の二つのスーツケースには、二億円の一万円札を詰めた」

「よし。よし」

神崎は、受話器をつかんだまま、ニヤッと笑った。これなら、上手くいきそうだ。

電話の向うで、中井秘書官が、いらだった声で、

「それで、どうすればいいんだ？」

「まず、六百六十万ドルの入った白いスーツケースについて指示する。ドル紙幣の入った方だから、間違えるんじゃないぞ。羽田空港の国際線ロビーの近くにコインロッカーがある」

「ああ、知っている。使ったことがある」

「そのコインロッカーの一つに、六百六十万ドルの入ったスーツケースを入れておくんだ。縦《たて》にすれば二つ入る筈だ。そして、鍵は、案内所（インフォメーション・センター）の女の子に渡しておく。三田という男が、あとで取りに来るからといってだ」

「了解した」

「四十分あれば出来る筈だ。それから、コインロッカーの周囲に、刑事を張り込ませるような馬鹿な真似《まね》はしないことだ。われわれは一人じゃない。一人が捕まれば、必ず、三田首相を殺すからね」

「わかった」

「次は、二億円の入った茶色のスーツケースの方だ。これは、東京駅八重洲北口にあるコインロッカーに入れ、同じように、鍵を案内所へ預けておく。あとから、三田という男が取りに来るといってだ。東京駅の周辺にも、刑事を張り込ませてはならん。もし、そんなことをしたら、三田首相は、間違いなく死ぬことになる。こちらの方は、三十分で用意できる筈だ」

「それで、総理は、いつ帰して貰えるんだね」

「午後三時だ」

「何だって？」

「聞こえなかったのかね？　今日の午後三時になったら、間違いなく、三田首相を釈放するといったんだ」

「遅過ぎる。何故、三時にならなければ、総理は、帰して貰えないんだ？　え？」

中井秘書官は、わめいた。

「ひと言でいえば、こちらの都合だよ。金を手に入れたとたんに逮捕されたんではかなわないからね」

「そんなことはしない。羽田にも東京駅にも、刑事は張り込ませない。これは約束する」

「駄目だな」と、神崎は、にべもない調子でいった。

「そんな約束は信用できない。もちろん、刑事の姿が一人でも見えたら、三田首相の生命は保証できないが、刑事の姿が見えなくても、われわれが、安全であることを確認する必要がある。刑事がずっと尾行を続けて、三田首相を釈放したとたんに逮捕するという手もあるからな。絶対に安全だとわかるまで、三田首相は釈放しない。その確認が、午後三時ということだ。三時になったら、三田首相の監禁している場所を、電話で知らせる」

「午後三時なんて無茶だ。国会の方はどうなるんだ？　総理が出席しなかったら、大変なことになるんだ」

「それを大変にしないのが、秘書官の役目じゃないのかね？」と、神崎はいった。

「君だけじゃなく、幹事長だって、他の関係者だっているんだから、相談したらいいだろう。とにかく、三田首相の釈放は、午後三時だ。それも、そちらが、私の指示どおりに動いてくれた場合であって、もし、そちらが、もたつけば、それだけ三田首相の釈放は遅れると覚悟することだ」

「ちょっと待ってくれ」

中井秘書官の声が途切れた。

神崎は、逆探知の時間かせぎかと、警戒したが、秘書官の声は、すぐ戻ってきた。

「了解した。君の指示に従う。これから、四つのスーツケースを、羽田と東京駅に持って行く」

「それで、三田首相は、無事に帰れるよ」

神崎は満足して受話器を置いた。

電話ボックスを出ると、千津子が、不安気に、寄り添ってきた。

「大丈夫なの？」

「大丈夫だ。上手くいくよ。今日中に、われわれは、六百六十万ドルの金と一緒に、安全地帯に飛んでいるよ」

「でも、他の四人を裏切るんでしょう？　気付かれないかしら？」

「別に裏切るわけじゃない。彼等にだって、分け前は、ちゃんとやるんだ。四人で二億円、一人五千万円なら大金だよ」

神崎は、千津子に向って、ニヤッと笑って見せた。

「ピンクパンサー」に戻ると、神崎は、平松たち四人を船室《キャビン》に集めた。

「金は、三十分後に、東京駅八重洲北口のコインロッカーに入れられる。その鍵は、案内所に預けられている筈だ。三田と名乗れば、その鍵を貰える。君たちがレンタカーで行って来て貰いたい」

「先生は行かれないんですか？」

と、青木がきいた。神崎は笑って、

「私はもう年《とし》だ。重い物を持つのは苦手だよ。それに、誰かが船に残って、三田首相を監視している必要があるだろう」

「僕たちが、そのまま、身代金二十億円を持って逃げるかも知れませんよ」

平松が、笑いながらいった。

神崎は、複雑な笑い方をした。

「君たちを信用しているよ」

と、彼はいった。

平松と竹谷が船をおりて行くと、加藤と青木も、あわてた感じで、彼等の後を追って上陸して行った。

神崎は、四人の姿が消えるのを見定めてから、煙草を取り出して火をつけた。

「さて、始めるか」

と、神崎は、千津子を振り返った。

第七章　新たな不安

1

左文字と史子は、勝山マリーナにいた。

ヘリコプターを海に沈め、モーターボートで逃走したと考えた左文字は、彼等《かれら》が、近くのマリーナか、ヨットハーバーに向ったに違いないと考えた。

脅迫電話をかけるためには、ボートを陸地につけ、上陸しなければならない。

関東地方の太平洋岸には、いくつかのヨットハーバーやマリーナがある。その中から、左文字が、千葉県の東京湾に面した勝山を選んで車を走らせたのは、ヘリコプターが沈没している場所から、一番近かったからである。

すでに、犯人が指定した時刻は過ぎていた。

左文字は、勝山から矢部警部に電話を入れてみた。

「どこにいるんだ？」

と、矢部が、また、怒鳴った。矢部は、事件が始まってから、いつも怒鳴っている。

「千葉県勝山だ」

「何故、そんな所にいる？」

「犯人たちは、モーターボートで移動していると考えられるからだよ」

「モーターボートだって？」

「そうだ。ヘリコプターは見つけた。九十九里海岸の沖の海底に沈んでいる」

「くそッ。それで、今まで見つからなかったのか」

「ヘリコプターを海に沈めたあと、犯人たちは、モーターボートに移乗した筈だ。他には考えられない。それも、首相を含めて七人の人間が乗っているのだから、三十フィートクラスの大きなボートの筈だよ。関東各地のヨットハーバーや、マリーナを調べさせてくれないか」

「よし。君の推理に賭けてみよう」

「犯人からの電話は、入ったのか？」

「ああ。入ったよ。それがちょっとおかしいんだ。二十億円の中《うち》、十八億円をドルにして、羽田空港のロビーにあるコインロッカーに入れておけ、残りの二億円は日本円のまま、東京駅のコインロッカーに入れておけという指示なんだ。その通りにしてあるが、どう思うね？」

「おかしいな」

「君もそう思うだろう？　どうやら、犯人たちは、金を手にしたら別行動をとるらしい。ドルを手に入れた連中は、羽田からすぐ海外へ高飛びする積りだろうし、二億円の方は、日本に残るんだろう。顔と名前を知られたリーダーの神崎勇三と、看護婦の森千津子の二人は、海外逃亡組だと思うね。金額の比率から考えると、海外へ逃げる奴の方が多いように見えるが、羽田で阻止はできない。三田首相の救出という大仕事があるのでね。それが残念だよ。神崎が、飛行機に乗るのがわかっても、首相の安否がわかるまでは、手が出せん」

「おかしいな」

と、左文字は、同じ言葉を呟いた。

矢部警部は、電話の向うで、「何だって？」と、大きな声を出した。

「よく聞こえないんだがね」

「おかしいと、いったんだ」

「おかしいのはわかってるさ。最初、日本円で要求しておいて、急に、十分の九をドルにしろといって来たんだからな。それも、全部五百ドル札だ。多分、今もいったように、海外へ逃げ出すためと、かさばるのをさけるためだろう。五百ドル札なら、二つのスーツケースに楽に納まっちまうからね」

「違うんだ」

今度は、左文字が、大きな声を出した。

受話器を握っている彼の視界の中で、大型のヨットが、ゆっくりと、マリーナを出て行く。

史子が、二本の煙草に火をつけ、その一本を左文字に渡した。

「どこが違うって?」

と、矢部がきいた。

「おかしいといった意味だよ。日本円を急にドルに変更してきたのは、君のいうように、海外逃亡のためだろう。そんなことは、別におかしくないさ。僕がおかしいといったのは、彼等の要求が、とうとう、身代金の強奪以上に出ずに終りそうだということなんだ」

「それは当り前じゃないか。犯人たちは、身代金目当てに、三田首相を誘拐したんだから、最後まで身代金を要求するのは、当然だろう」

「それが、ゼロ計画《プラン》の全てだというわけかい？」

「ああ。他に何があるんだい？」

「彼等のメンバーだった高田裕介というカメラマンが、密告しようとして来た時のことを考えてみろよ。彼は、命がけで、電話しようとして殺されたんだ。しかも、僕のワイフに抱きかかえられた時、虫の息で、ゼロ計画を阻止しろといったんだ」

「ああ。わかってるよ。それがどうかしたのかい？　われわれが、ゼロ計画を阻止できなかったのを非難する気なのかね？」

「そうじゃないさ。阻止できなかった責任の半分は僕にもあるんだからね。ただ、高田という青年は二十六歳という若さだったことを考えてくれよ」

「若くして死んだから、悼《いた》んでやれとでもいうのかい？　それとも、事件を密告したから、警視総監賞でもやれっていうのかね？」

「三田首相は、若者に人気があると思うかい？」

「何だって？」

「三田首相は、若者に人気があると思うかときいているんだ」

「残念ながらないだろうね。首相自身は、いろいろと、人気とりのための施策をやっているが、今の若者はついて来ない感じだからね。それがどうかしたのかね？」

「ただ単に、首相を誘拐し、身代金をとって釈放する。それが、ゼロ計画の全てだったら、二十六歳の若者が、命がけで密告すると思うかね？　若者に人気のある首相だったら話は別だが」

「何がいいたいんだ？」

「身代金を要求したのは序曲で、犯人たちは、もっと恐ろしいことを計画しているのではないかと、僕は考えていたんだ。それがゼロ計画《プラン》の全貌じゃないのかとね。だからこそ、若い高田裕介が、命がけで密告したのじゃないかな」

「しかし、今までのところ、犯人たちが要求しているのは、身代金だけだ。途方もない二十億円という大金をね」

「だから、おかしいといっているんだ」

左文字は、受話器を持ったまま、がりがりと頭をかいた。どこか変だと思う。たとえ誘拐されたのが一国の首相であれ、要求された身代金が二十億という大金であれ、これでは、ただのありふれた誘拐ではないか。

左文字は、高田裕介という若者が刺殺され、ゼロ計画を阻止せよというダイイング・メッセージを残した時点から、もっと暴力的《バイオレント》な、もっと血なまぐさい結果を予想していたのだ。

もちろん、身代金が支払われ、三田首相が無事に釈放されれば、それに越したことはないのだが、何故か、釈然としないのである。

「とにかく、事件は終局を迎えている」と、矢部警部はいった。

「三田首相の安否がわからない中《うち》は手が出せないが、われわれは、羽田と東京駅に張り込んで、金を取りに来た奴を、ぴったりマークする積りでいる。首相の生死が確認され次第、一斉逮捕だ」

それで、今度の事件は、全て解決するといいたげな矢部の話し方だった。

「そうなるといいがね」

とだけいって、左文字は、電話を切った。

待っていた史子が、左文字の顔をのぞき込むようにして、

「心配そうね？」

「矢部警部は、身代金を支払えば、あっさり、首相が釈放されると考えているようなんでね」

「あなたは、そう考えてないの？」

「それなら結構だとは思っているよ。だが、もっと深刻な事態になりそうな気がしているんだ」

「深刻なって、どんな？　三田首相が殺されるような事態が起きると思ってるの？」

「かも知れない。だから、余計に、事前に犯人たちを見つけ出したいんだが」

左文字は、言葉を切って、眼の前に繋留《けいりゆう》されている外洋ヨット《クルーザー》や、モーターボートを眺めた。

犯人たちが、ここから電話したとしても、ここにとどまっているとは、左文字は思っていなかった。犯人たちは、安全のために、絶えず動いていると、左文字は考えている。それが、ボートを利用するメリットでもあるからだ。

しかし、だからといって、犯人たちが、この勝山マリーナにいないとは断定できない。

「とにかく、調べてみよう」

と、左文字は、史子を促した。

2

モーターボート「ピンクパンサー」の中では、神崎が、森千津子をせきたてていた。

「パスポートと、香港までの切符を忘れるなよ」

「大丈夫。持ったわ」

上気した顔で、千津子が答えた。

神崎は、腕時計に眼をやった。

午前十一時発のパンナムで、羽田を発《た》って香港《ホンコン》へ向う。香港着は二時半だ。

「三田首相は、どうするの？」

と、千津子がきいた。

「麻酔の注射をして、しばらく眠っていて貰う。われわれが香港に着いてから、三十分したら、香港から日本の警察に連絡してやるさ。この船に、三田首相が監禁されているとね」

「香港の警察に連絡されて、逮捕されないかしら？」

「大丈夫だよ。香港というところは、金さえ持っていれば、不可能のないところだ。別人になるためのパスポートも簡単に作ってくれる。私は、以前香港に行った時、向うで、中国人の有力者の腫瘍《しゆよう》を治してやったことがある。彼が、困った時には相談に乗るといってくれているのでね。世界中の行きたいところへ行ける筈だよ。六百万ドルと一緒にだ」

「先生を信じるわ。香港へ行くのに、タイのバンコク行の切符になってるのは何故なの？」

「ちょっとした悪戯《いたずら》さ。警察は、きっと、パンナムの窓口で、私たちの行先をきく筈だ。その時、ちょっと迷わせてやるのさ。もちろん、警察だって、すぐ気がつくだろうがね」

「東京駅に行った四人は、二億円しかないのを知って怒るでしょうね？」

「多分な」と、神崎は、笑った。

「だが、彼等が、ここに戻って来た頃には、私と君は、もう飛行機の中だし、二十億円要求したのに二億円しか出さないのは、私たちがごまかしたと考えるよりも、政府がケチったと考えるかも知れんよ」

神崎は、診療カバンを下げて、前部船室に入って行った。

三田首相は、両手首を縛られたまま、神崎と森千津子を見た。さすがに、深い疲労の色が、顔全体に滲《にじ》み出ている。頬から顎にかけて、白いもののまじった不精ひげが生え、首相というよりも、ただの気むずかしい老人の感じだった。

「いよいよ、大詰めです。総理」

と、神崎は、注射器を取り出しながら、落着いた声で、三田首相にいった。

「私を殺すのか？」

「いや。ただ、またしばらく眠って頂くだけです。今度眼をさまされた時は、自由の身ですよ。総理」

「そんな注射をせんでも、私は、逃げたりはせんよ」

「そうでしょうが、万一を考えなければなりませんのでね。三時まで、ここで眠っていて頂きたいのです。三時以後は、完全に自由です」

神崎は、千津子に手伝わせて、三田首相の左腕に注射した。

首相は、二言、三言、顔をしかめて何か呟いた。が、やがて、眼を閉じ、崩れるように、バース（寝台）の上に横たわった。

神崎は、正体を失った三田首相の身体を、戸棚に押し込めた。これで、誰かが、このボートをのぞき込むことがあったとしても、無人の船だと思うだろう。

「さて、空港へ行こうじゃないか」

と、神崎は、千津子を促した。羽田のロッカーから六百万ドル余りの札束を手に入れ、パンナムに乗り込めば、全てが終るのだ。あとは、自由で、豪華な異国での生活が待っている。

二人は、船室《キャビン》を出た。

とたんに、神崎は、ぎょっとして、思わず後退去《あとずさ》りした。

いきなり、鼻先に、三八口径の拳銃を突きつけられたからだった。

千津子が、悲鳴をあげて、船室の床に転がった。

拳銃を突きつけたのは、身代金を取りに行った筈の加藤真太郎だった。彼の横に、小柄な青木卓もいた。青木も、手に、二二口径のベレッタ自動拳銃を持っていた。

神崎と千津子を、船室に押し込むと、加藤は、後手にハッチを閉めた。

神崎は、やっと立ち直ると、声をふるわせて、

「何の真似だ？」

と、二人を睨んだ。

「別に、あんた達の命を貰おうというんじゃないよ」

と、加藤は、不敵に笑った。その笑いが、神崎に、K島で無造作に一人の人間を拳銃の台尻で殴り倒した時のこの男の冷酷さを思い出させた。

青木の方は、青白い顔をしている。

「身代金は、取りに行かないのか？」

神崎は、刻々と過ぎていく時間を気にしながら、眼の前に立ちはだかっている加藤にきいた。

「身代金は、自衛隊崩れと、ヤクザ崩れが取りに行ってるよ」

「しかし、あの二人が、独り占めにして逃げてしまうぞ。見張りに行かなきゃ駄目じゃないか」

と、神崎がいっても、加藤は、ニヤッと笑っただけで返事をせず、「おい。青木」

と、横にいる同じ学生運動あがりの青木に声をかけた。

「前へ行って、〝痩《や》せた羊〟がどうしてるか見て来い」

「ああ」

と、青木は肯いて、前部に入っていった。この二人の間では、加藤がリーダーで、青木は、部下の感じだった。
二、三分して、青木は、戻って来た。
「麻酔を射《う》たれて、戸棚に押し込まれていたよ」

「何故、そんなことをしたんだい？」

加藤は、非難するように神崎を見た。

「逃げようとしたからだ」

「逃げようとねえ」

加藤は、クスッと笑った。

「両手を縛られたあの爺さんに、逃げようとする元気が、まだあったなんて、信じられないね。あんたたちが見張っているのにさ」

「とにかく逃げようとしたんだ」

「逃げる気だったのは、あんたたち二人じゃないのか」

「そんなことはない。私と森君は、君たちが身代金を受け取って戻って来るのを、ここで待っている積りだったんだ」

「おい。青木。二人の身体検査をしろ」

「何をさせるんだ？」

神崎が、狼狽して、叫んだ。青木が、そんな神崎のポケットから、パスポートと、航空券を見つけ出して、加藤の方へ放り投げた。

次に、千津子のハンドバッグを開け、同じものを見つけ出した。

「おやおや」

と、加藤は、神崎のパスポートを、ひらひらさせた。

「これは何だい？　それにパンナムの航空券か。十一時発のバンコク行とはね。おれたちに内緒で、外国へ高飛びする気だったのかい？」

「それはだな。私と森君は、顔も名前も知られている。だから、国外へ逃げるより仕方がないんだ。君たちに黙っていたのは悪かったが、行かせてくれないかね。今すぐ出発しないと、飛行機に乗りおくれてしまうんだ」

「この航空券か」

加藤は、いきなり、びりッと、二枚の航空券を引き裂いた。

「あッ」

と、神崎と千津子が、同時に悲鳴をあげた。

「何をするんだ！」

神崎が叫んで、一歩前へ出ようとするのへ、加藤は、ぐいッと、銃口を押しつけて、

「今から、リーダーはおれだ。おれの命令には、絶対に服従して貰う。反抗すれば、容赦なく射殺する。これは、単なる脅しじゃない」

「いったい、何をする気なんだ？」

「これから、ゼロ計画《プラン》を実施する」

「何をいってるんだ。ゼロ計画は、身代金を手にして終るんだ。成功裏にな」

「それは、あんたの考えたゼロ計画だろう」と、加藤は、冷たくいった。

「これから実施するのは、おれたちの考えたゼロ計画だ。身代金目当ての安っぽい誘拐計画なんかじゃない。革命のための、正義のための計画だ」

加藤の口調が、急に演説口調になった。

「賛成！」

と、青木が叫んだ。

「何をする気なの？」

千津子が、甲高い声をあげた。それは、質問というよりも、悲鳴に近かった。もう十時になってしまった。今から車を飛ばしても、十一時羽田発のパンナムに乗ることは不可能だ。全てが、駄目になってしまった。神崎との外国での甘い生活も、六百万ドルの大金も。千津子は、ヒステリックになっていた。

「おれたちは、説明しない」と、加藤はいった。

「命令するだけだ」

「わけもわからずに、命令に従えるものか」

神崎が、吐き捨てるようにいった。

加藤の眉が、ぴくりと動いた。神崎を無視した顔で、青木に、

「枕を一つ持って来てくれ」

「枕をどうするんだ？」

「サイレンサーの代りにするのさ」

青木が、バースから枕を持ってくると、加藤は、それを片手に持ち、銃口を押し当てた。

神崎が、真っ蒼な顔になった。

「待ってくれ！」

その悲鳴を無視して、加藤は、拳銃の引金をひいた。

ぶすッという押し殺した、鈍い銃声がし、飛び出した弾丸は、ウレタン枕を貫通し、神崎の肩先をかすめ、背後の壁に命中した。

千津子の方が、悲鳴をあげた。

「次は、心臓をぶち抜くぞ」

と、加藤は、無表情にいった。

神崎は、完全に、ぶるってしまった。この加藤という男は、平気で人を殺せる奴なのだ。何のためらいも見せないところが、何ともいえず怖い。

「わかったよ。君たちの命令に従おう」

「じゃあ、まず、出港だ」

と加藤はいった。

3

矢部警部は、総合司令室にいた。

羽田空港国際線ロビーと、東京駅八重洲北口のコインロッカー近くに張り込んだ刑事たちから、刻々と、無線連絡が入ってくる。

連絡は、東京駅側が先に入った。

午前十時二十三分。

「今、若い男が二人来て、案内所でキーを受け取り、コインロッカーを開けました」

と、緊張した井上刑事の声が、飛び込んで来た。駅構内の雑沓《ざっとう》が、ざわついた音となって井上刑事の声にかぶさってくる。

「二人とも、二十歳から三十歳ぐらいまでの男で、どちらも、身のこなしに一種独特の感じを持っています」

「どんな感じだ？」

「上手に説明できませんが、団体訓練をやったことのある男かも知れません。とくに、背の高い方が、そんな感じです」

（警察官あがりか）

と、一瞬、矢部は頭の中で考えてから、あわてて、その考えを打ち消した。首相誘拐事件に、現職でないにしろ警察官あがりが関係していたなどということになったら、警察の大変な汚点になりかねない。

「二人は、茶色のスーツケース二つを取り出しました。顔を見合わせて、ロッカーの奥をのぞき込んでいます」

「スーツケース二つじゃ少な過ぎると思っているのかな」

「一人が、案内所へ行って、何かきいています。あッ、こっちへ戻ってきました。怒った顔で、もう一人に何かいっています。二人は一つずつスーツケースを下げて、駐車場の方へ歩いて行きます。逮捕しますか？」

「駄目だ！」

と、矢部は、怒鳴った。犯人は、少なくとも六人以上といわれている。二人を逮捕して、他の連中に、三田首相を殺されたら、何にもならない。

「あとをつけろ！」

「鈴木刑事と、桜井《さくらい》刑事が、尾行します。私は、案内所へ行って、犯人が何をきいたのか調べて来ます」

井上刑事は、すぐ戻ってきた。

「犯人は、案内係に、他にキーを預かってなかったかときいたそうです。一つだけだと答えると、そんな筈はないと怒っていたといいます。どうやら、あの二人は、もっと沢山、スーツケースがある筈だと思っていたようです」

「羽田のドル紙幣の方を知らされていなかったんだな」

「こちら桜井刑事です」

と、覆面パトカーの桜井刑事の声が、割り込んで来た。

「問題の二人は、白いスカイライン七五年型GTに乗り込みました。ナンバーは、品川55は――です。この車を調べて下さい」

「よし。調べよう」

「彼等が出発しました」

「こちら、武井《たけい》刑事です」

羽田国際線ロビーに張り込む武井刑事からの連絡が入ってくる。

「どうした？　タケさん。何か動きがあったか？」

矢部警部は、マイクをわしづかみにした。羽田の方が本命なのだ。

「それが、いまだに、一人も現われないんです。どうなってるんですか？　これは」

武井刑事の声は、いらだっていた。

「そこから、問題のロッカーは見えるんだろうな？」

「真正面に見えます」

「わざと時間を遅らせて、取りに来るのかも知れん。東京駅の方は、すでに取りに来た。東京駅から、羽田に廻るのかも知れない」

「東京駅に現われたのは、何人ですか？」

「若い男が二人だ」

「それはおかしいですね」

「どこがだ？」

「各航空会社の案内所を聞いて廻ったところ、十一時発のパンナム、これは、香港経由バンコク行ですが、この便に、神崎勇三と、森千津子の二人が予約していることがわかったからです。金を手に入れて、そのまま、海外逃亡を企てているとすれば、もうとっくに現われていなければならないと思うんですが」

「今、十一時五分前だな？」

矢部は、腕時計を見、確認するように送話口でいった。

「そうです。あと五分で、バンコク行のパンナム、ジャンボ機が出発します」

「金を諦めて、飛行機に乗ってしまったんじゃないのか？」

「それはありません。パンナムの案内係に、神崎と森千津子の写真を渡して、現われたら知らせてくれるように頼んでおきました。まだ何の知らせもないところをみると、二人は現われていないんです」

「おかしいな」

矢部は、考え込んでしまった。身代金二十億円の中、十八億円をドルに替えて、羽田のロッカーに入れさせた。当然、こちらこそ本命であろう。それなのに、少額の東京駅の方に先に現われて、羽田に現われないのは何故だろうか？

「どうしますか？」

と、武井刑事がきく。

「そのまま、監視を続けてくれ。彼等は、必ず現われる筈だ」

現われなければ、おかしいのだ。

左文字は、身代金だけが目当ての誘拐とは考えられない、それでは辻褄《つじつま》が合わないといっていたが、矢部は、やはり、犯人の目的は身代金だったのだと考えていた。ただの身代金ではない。二十億円という厖大《ぼうだい》な身代金なのだ。

「桜井です」

覆面パトカーから、連絡が入って来る。

「今、何処にいるんだ？」

「第一京浜を西に向っています」

羽田空港へ向うのだろうか？　しかし、空港へ行くのなら、首都高速へ入るのではないだろうか？

それとも、首都高速へ入ってしまっては、逃げる場合に自由がきかないので、一般道路を使っているのだろうか。

とにかく、彼等が、羽田へ廻って行くことになれば、その二人が、身代金の回収係というわけだ。

「どうも妙です」

と、桜井刑事の甲高い声が飛び込んできた。

「何が変なんだ？」

「奴等は、羽田へ向いません。多摩川を渡って、すでに、川崎市内に入ってしまいました」

（いったい、何処へ行く積りなのだろう？）

矢部は、壁に貼られている地図を、強い眼で睨みつけた。

4

国会は開会され、三田首相欠席のまま、審議が行われていた。

その一方、各野党の幹事長、書記長が、保守党幹事長宇垣の要請で、一室に集まっていた。

この会合には、政調会長の佐々木も出席して、事件を、野党に説明した。

三田首相が誘拐され、まだ釈放されていないという報告は、野党の幹部にとっても、衝撃だったようである。

「犯人は、過激派の連中かね？」

民新党の大橋《おおはし》書記長が、太った身体をゆするようにして、宇垣にきいた。

「今までのところ、一味のリーダーは、元中央病院の内科部長で、神崎という四十五歳の男だということでね。過激派の線は出ていないんだ」と、宇垣は、汗を拭《ふ》きながら答えた。

「それで、身代金さえ払えば、無事に釈放されるんじゃないかと期待しているんだがね。国会もあるし、東南アジア歴訪も迫っているんで、一刻も早く釈放して貰いたいんで、今のところ、犯人たちを刺戟《しげき》しないように、向うの要求を全面的に受け入れているんだ」

「身代金二十億円か」

共進党の田島《たじま》幹事長が、あごに手を当てて呟いた。

「それは、犯人の方から切り出してきた金額かね？」

「その通りだ」と、宇垣が肯いた。

「われわれとしては、五十億でも百億でも払ったろうね。何しろ、一国の総理だからね」

「僕が誘拐されたら、犯人は、果していくらの身代金を要求するかねえ？」

田島が、笑いながら、みんなの顔を見廻した。田島は、三十五歳の若い幹事長だった。新進気鋭で、共進党の明日の時代のホープといわれている男だった。

「まず、犯人が、どこへ身代金を要求するかによるだろうが」

と、宇垣がいった。

「政府に要求したら、政府は、僕の身代金を払ってくれるかね？」

「もちろん払いますよ」と、宇垣は、笑いながらいった。

「しかし、出来れば、田島君の身代金は、共進党で払って貰いたいねえ。共進党は、何しろ、一番財政が豊かなんだから」

宇垣は、いくらか、くつろいだ気持になっていた。

野党の了解を得て、しばらくの間、首相急病ということで、国会の方は収拾できる見通しが立ったからだった。それに、二十億円の身代金が支払われたから、犯人が約束を守れば、今日の三時までに、三田首相は釈放される筈である。今日中に、首相が無事に釈放されれば、何事もなかったことで、事態を収拾し、首相を、東南アジア歴訪の旅に送り出せる。

それに、今度の事件で、首相の救出のために一番動き廻ったのは、幹事長の自分だったという自負が、宇垣にはあった。

釈放されたあと、三田首相は、それを恩に着てくれるだろう。

野党の幹事長、書記長に礼をいって送り出したあと、宇垣は、首相官邸に電話を入れた。電話口に出たのは、中井秘書官だった。

「まだ総理は帰って来ないかね？」

「まだです」

「犯人からの連絡は？」

「それも、まだです」

「しかし、中井君。もう十一時を廻っているんだ。犯人は、二十億円の身代金を、もう手にした筈だろう？」

「どうも、それが、妙な具合になりまして――」

「どうしたんだ？」

「刑事部長の三根です」

と、電話の声が代った。宇垣は、いらだった声で、

「何がどうなっているのか、説明して貰いたいね」

「二十億円の中、十八億円をドルに替えて羽田の国際線ロビーのロッカーに入れ、残りの二億円は、東京駅八重洲北口のロッカーに入れておきました」

「それは知っている」

「八重洲北口の二億円の方は、すぐ、二人の若い男が取りに来ましたが、肝心のドル紙幣の方は、いまだに、誰も取りに現われないのです」

「何故だ？　何故、犯人は現われん？」

「理由がわからずに、困惑しているのです。犯人たちの間に、何か確執が起きたのか

も知れません」

「総理はどうなるのだ？　総理は？」

「今、一番心配しているのは、そのことなのですが――」

「心配しているだけじゃ、どうにもならんだろうが！」

宇垣が、大声で怒鳴った。近くにいた政調会長の佐々木が、

「どうしたのかね？」

と、眉を寄せてきいた。

「警察は、なっとらん」

宇垣は、吐き捨てるようにいってから、もう一度、受話器を握りしめて、

「東京駅に現われた若い男の二人連れには、ちゃんと尾行をつけてあるんだろうね？」

「厳重に監視しております」

「今、どこにいるんだ？」

「羽田へ行くと思いましたが、三浦半島を車で南下し、さっき、油壺のヨットハーバーに着いたという報告が入りました」

「そこに、残りの犯人と、総理がいるのかね？」

「まだわかりません。とにかく、この二人の犯人は、いつでも逮捕できる状態に置かれております」

「逮捕したら、どうなるのかね？　総理の居場所を聞き出せないかね？」

「聞き出せるかも知れません。しかし、犯人は、他に、少なくとも四人はいる筈です。彼等が、どんな行動に出るかわからないので、迷っています。二人を逮捕したとき、他の連中が、三田首相を殺害する可能性もあります。それで、逮捕せずにいるのですが」

「いいかね、刑事部長。何より大事なのは、総理の生命だ。それを肝に銘じておきたまえ」

「わかりました。あ、ちょっとお待ち下さい」

「どうしたんだ？」

「ただ今、新しい報告が、二人の犯人を尾行している刑事から入りました。二人は、ヨットハーバーで、特定のボートを探しているようだといっています。どうやら、左文字君の推測どおり、犯人たちは、大型のモーターボートに首相を乗せて、移動しているようです」

「左文字君？」

「われわれに協力してくれている私立探偵で、矢部警部の友人です」

「ふむ。それで、総理を乗せたモーターボートは見つかったのかね？」

「それがどうも、すでに、油壺から移動してしまった模様です。犯人二人も、見つからずに、失望しているようだと、今、尾行中の刑事から報告して来ています」

「警察は、後手、後手を引いているようじゃないか。前もって、モーターボートの線を追えなかったのかね？」

「申しわけありません。現在、関東を中心に、ヨットハーバーや、マリーナの捜査を実施中ですが、何しろ、対象のボートが多過ぎるものですから」

「いいわけはいらん。今日は、総理が急病ということで、何とか国会を切り抜けられたが、今日中に総理を助け出してくれんと、明日の国会がどうなるか、予測がつかん。それに、東南アジア歴訪も迫っているんだ。当該各国の大使との打ち合せもやらなければならん。わかっているのかね？」

「わかります」

「本当には、わかっておらんのじゃないのか」

宇垣は、いらだって、声を荒らげた。どうも、警察は頼りない。いっそのこと、自分で、指揮して捜査したいくらいだった。

「その二人を逮捕したまえ」

と、宇垣は、電話の向うにいる三根刑事部長に命令した。

「は？」

「今、尾行している犯人二人だよ。逮捕して、総理が何処にいるか、きき出し給え。その方が、もたもた捜査するより早いんじゃないかね？」

「それは、われわれに委せて頂けませんか」

言葉遣いは丁寧だったが、刑事部長の声には、自分の領分は侵させないぞという断固とした調子があった。

宇垣は、一瞬、鼻白み、それから、額に青筋を立てた。

「私の命令は聞けんということかね？」

「そうは申し上げておりません。ただ、逮捕の時期については、われわれ専門家に委せて頂きたいのです。三田首相の安全を何より第一に考えなければなりませんので」

「それは、失敗した時は、君が責任をとるという意味だろうね？」

「はい」

「タイム・リミットは今日一日だ。明日の午後には、インドネシア大使との会談も予定されているんだ。二十四時間以内に、総理を救出したまえ」

宇垣は、怒鳴りつける調子でいった。

5

繋留してあるヨットやボートを調べている左文字に、電話をかけてきた史子が、

「もう必要ないわ」

と、声をかけた。

「犯人たちは、油壺にいたらしいけど、そこからも、逃亡したらしいって。ボートの線は、ぴったり合っていたのよ」

「油壺か」

別に失望した様子も見せず、左文字は、大きく伸びをしてから、史子と、車のところに戻った。

長い脚を折るようにして、ミニ・クーパーSの運転席に腰を下した。

助手席に戻った史子が、猛烈な早口で、矢部警部から電話で聞いた身代金のことを話した。

「面白いな」

と、左文字は、青い眼を光らせた。

「でも、矢部警部は、当惑している様子よ。いったい、どうなっているのかわからないといってたわ」

「これは、簡単明瞭なことだよ。新しい戦争が、これから始まるんだ。いや、もう始まったというべきかな」

「新しい戦争ですって？」

史子が、眼をむいて、夫の横顔を見つめた。

「高田という青年が、死をかけて知らせようとしたことだよ。つまり、本当のゼロ計画《プラン》だ」

「よくわからないわ」

「今度の誘拐犯は、最低六人いる。リーダー格の神崎と、看護婦の森千津子の二人が名前がわかっているんだが、この二人の目的は、明らかに身代金だ。仲間の四人には、十分の一の二億円だけ与え、残りの十八億円をドルに替えて、この二人が手に入れ、羽田から高飛びする気だったんだ」

「それが、誰も羽田に現われなかったのは、どうしてかしら？」

「われわれにわかっているのは、神崎と森千津子の二人、これは金が目当てだ。それに、東京駅に、金を取りに来た若い男二人。これも、多分、金目当てと考えていい。油壺まで行って、仲間を探しているのは、新しく事を起こそうというのではなく、二十億円の筈が、二億円しか手に入らなかったので、怒って仲間を探しているのだと思うね。問題なのは、残りの二人だ。K島診療所での事件や、国立中央病院事件の目撃者の談話によれば、この二人は、いずれも、二十歳から三十歳ぐらいの若い男らしい」

「その二人が、どう問題なの？」

「考えればわかることだよ」

左文字は、煙草を取り出し、史子にもすすめ、自分もくわえて火をつけた。

「リーダーの神崎の気持になって、事件の推移を考えてみようじゃないか。彼は、最初、二十億円を日本円で要求しておきながら、突然、その中の十八億円をドルに替えろと要求してきた。しかも五百ドル札でだ。理由は君にもわかるだろう？」

「そうねえ。五百ドル札だと、二つのスーツケースに納まったというから、神崎と森千津子の二人で、楽に持てるわ。つまり、他の四人を二億円でごまかして、二人は、十八億円を持って海外へ逃亡する気だったんだと思うわ。二億円と六百万ドルの置き場所を、全く別の所に指定してきたことでも、それがよくわかるんじゃないかしら」

「だが、東京駅には、二人しか現われなかった。この二人は、神崎にまんまと欺《だま》されたんだと思う。もちろん、他の二人も、神崎は、東京駅に行かせ、その間に、羽田で六百万ドルを手に入れ、そのまま、パンナムで逃げる気だったんだろう。神崎の計画どおりに事が運んでいたら、今頃、六百万ドルを持って、神崎と森千津子は、飛行機の中だった筈だ。だが、そうならなかった。何故だろう？」

「問題の二人が、欺されたことに気付いて、神崎と森千津子を脅しているのかしら？」

「そうなら、事は簡単だがね」

「え？」

「金銭問題でこじれているのなら、問題の二人が、羽田に六百万ドルを取りに来る筈だよ。そうならば、三田首相は、間もなく釈放されるだろう」

「そうじゃないというの？　矢部警部は、身代金の分配のことで、犯人たちは、仲間割れをしていると見ているようよ」

「甘いな」

と、左文字はいった。

「何故？」

「いいかい史子。問題の二人は、東京駅には全く姿を現わしていないんだ。東京駅のコインロッカーを開けて、二億円しか入っていないのを知って、神崎と喧嘩《けんか》をしているわけじゃないんだ。一方、羽田に、神崎と森千津子が六百万ドルを取りに来なかったのは、誰かに妨害されたからだ。誰かというのは、問題の二人だよ。ところで、この二人が身代金を独り占めにするために、反乱を起こしたのなら、すでに、神崎と森千津子を痛めつけて、羽田の六百万ドルのことを喋らせ、取りに来ていなければおかしい。東京駅にだって、他の二人と現われている筈だよ。ところが、この時間になっても、羽田の六百万ドルには手をつけていない。それどころか、彼等のモーターボートが、どこかへ移動してしまった。これが、神崎と森千津子の意志でないことは確かだ」

「問題の二人の目的は、いったい何なのかしら？」

「金じゃないことは確かだ。だから怖いんだ」

左文字は、フロントガラスの向うに拡がる海を見つめた。

彼の青い目は、もちろん、のどかな海を見ているわけではなかった。左文字が、そこに見ていたのは、血なまぐさい戦いの景色だった。

「何が起きると思ってるの？」

史子が、眼を光らせてきいた。彼女にも、左文字の緊張した気持が伝わってきていた。

「戦争さ」

と、左文字が、海に眼をやったままいった。

「戦争ですって？」

史子は、左文字の大げさないい方に驚いた。

「どんな戦争が起きると思うの？」

「問題の二人は、多分、戦争を仕掛ける気だ。身代金が要らないとなれば、彼等の要求してくることは、だいたい想像できるじゃないか」

「政治的要求？」

「そうだ」

「でも、戦争なんて、少しばかり大げさじゃないの？」

「そうじゃない。犯人が身代金を要求している限り、三田首相は安全だ。なぜなら、二十億でも、三十億でも、政府は支払うに違いないし、犯人側も、三田首相を殺すのが目的じゃなくて、身代金が目当てだから、殺人までは犯さない。だが、犯人たちが、政治的に動き出すと、話は違ってくる。どんな要求が出されるかわからないが、どうしても、政府が呑めないような要求だったら、犯人たちは、三田首相を殺すかも知れない。犯人が、反体制的な人間なら、権力の頂点にいる首相を殺すのも、一つの意思表示になるからね」

「それだったら、こんなところに、ぐずぐずしていられないわ」

「その通りだ。犯人たちは、多分、東京を戦場に選ぶだろう。東京という大都会こそ、彼等が活躍するにふさわしい場所だからね。われわれも、そこに行くことにしよう」

左文字は、ミニ・クーパーSをスタートさせた。オリエンタル・レッドに塗られた小さな車は、乾いたエンジン音を残して、海辺を離れ、雑沓と混乱の街に向って走り出した。

第八章　ブラック・タイガー

1

東京に戻ると、左文字は、まっすぐ車を警視庁の捜査本部に横付けし、矢部警部に会った。

捜査本部は、明らかに混乱していた。

事態の変化に、どう対応していいかわからずに迷っているようだった。

「君のいう通りだったよ」

と、矢部が、朱く充血した眼で、左文字にいった。昨夜は、ほとんど眠っていないのだろう。いらだっているのがよくわかった。

「犯人たちは、モーターボートを利用していたんだ。君にいわれて、油壺のヨットハーバーを調べようとしていたんだが」

「東京駅のコインロッカーから二億円を取って行った二人の犯人は、どうなってるんだい？」

左文字がきくと、矢部は、せわしなく煙草に火をつけてから、

「監視と尾行を続けているよ。いつでも逮捕できる状態にある」

「すぐ逮捕した方がいいね」

左文字は、無造作にいった。

「何故だい？　あの二人を尾行していれば、三田首相が監禁されている場所がわかるかも知れんじゃないか。モーターボートの行先がだ。それに、二人を逮捕すると、残りの連中が、首相を殺す心配もある」

「どちらも、ノーだね」

「何故、ノーなんだ？」

「事態が変ったからだよ。身代金目当ての首相誘拐は、終ったんだ。東京駅に現われた二人は、リーダーの神崎に裏切られ、新しく主導権を握った奴等には、切り捨てられたんだ。従って、犯人たちの行先も知らんだろうし、この二人を逮捕しても、三田首相は殺されないさ。新しいゼロ計画《プラン》のために、首相は必要な人質に違いないから

だ」

「新しいゼロ計画だって？」

矢部は、怒ったような眼つきで左文字を睨《にら》み、神経質に吸殻をもみ消した。もみ消したつもりなのだろうが、灰皿の中で、くすぶり続けている。左文字は、近くにあった湯呑みのお茶を灰皿に注いだ。

「最初から、ゼロ計画は二つあったのさ。神崎と森千津子、それに、東京駅に現われた二人の四人にとって、ゼロ計画は、身代金奪取だった。しかし、あとの二人にとって、違っていたんだよ。高田という青年が、命がけで知らせようとしたゼロ計画とは、後者の方だったんだ」

「それは、どんな計画なんだ？」

「わからん。問題の二人が、いったい誰なのか、それがわかれば、計画の想像がつくし、対応策が立てられるかも知れない。だから、東京駅の二人を、今すぐ逮捕して、彼等のことを聞く必要がある。早ければ早いほどいい」

「だが、刑事部長は、慎重に見張れといっている。君は、彼等二人を逮捕しても、三田首相が無事だと確約できるのかね？」

「確約はできない。僕は犯人じゃないからね。だが、新しいリーダーは、首相の生命なんか、何とも思わぬ連中だ。東京駅の二人が、逮捕されようとされまいと、首相を殺そうと考えれば殺す筈だ。早くした方がいい」

左文字は、真っすぐに、矢部を見ていった。それでもなお、矢部は、迷っていた。何しろ、一国の首相の生命がかかっているのだ。下手に動いて、三田首相が殺されでもしたら、矢部一人が責任をとるくらいではすまなくなる。刑事部長はもとより、警視総監も辞職の決意をせざるを得なくなるだろう。

「決断しろよ」

と、左文字は、矢部にいった。

「このままでいると、警察は、何の心構えもなしに、新しいゼロ計画にぶつかることになるぞ」

「しかし――」

矢部が、苦しげに首をふった時、刑事の一人が、受話器を持ったまま、

「警部、今、報告が入りました。犯人たちの乗っている七五年型スカイラインは、やはり盗難車です」

その言葉が、矢部を決断させた。

「よし。その二人を逮捕させよう」

2

黒塗りの覆面パトカーが、突然、そのベールを脱いだ。

屋根から突き出した赤色灯が、唸《うな》りをあげて回転を始め、桜井刑事は、アクセルを踏み込んだ。

チューン・アップしたエンジンが咆哮《ほうこう》した。

「相手は、拳銃を持っているかも知れんから注意しろよ」

桜井は、助手席の鈴木刑事に注意した。鈴木は、黙って肯《うなず》き、内ポケットの自動拳銃に、そっと手を触れた。緊張で、顔がやや蒼ざめているが、手はふるえていなかった。

前を行くスカイラインGTも、猛然とスピードをあげた。追っかけっこが始まった。

神奈川県警にも連絡が入れてあるから、二、三キロ先で、スカイラインGTの逃亡を阻止してくれる筈だった。そこへ追い込めばいいのだ。

幸い、交通量は少ないし、前方で、神奈川県警が交通規制を実施している。

小さな脇道から入って来た自転車が、はじき飛ばされるように、道路の端に転倒した。

桜井は、ちらりと見ただけで、更にアクセルを踏んだ。スピードメーターが、一〇〇、一一〇、一二〇とあがっていく。

急カーブが近づいてくる。ブレーキとクラッチを同時に踏み込んで、シフト・ダウンをする。タイヤが悲鳴をあげた。前を行くスカイラインの車体が傾き、危うく、路肩から飛び出しかけて、辛うじて立ち直った。そのタイヤが、はじき飛ばした小石が、パトカーの車体を弾丸のように叩いた。

道路が直線になった。前方に、三台のパトカーが見えた。県警のパトカーが、非常線を張ってくれたのだ。

スカイラインは、停止しなかった。停止する代りに、犯人たちは、逆にアクセルを踏み込んだ。

(強行突破する気だ)

桜井は、その結果の予測がつかなくて、ブレーキを踏んだ。

スカイラインGTが、百二十キロのスピードで、斜めに停車しているパトカーの一台に体当りした。

鋼鉄と鋼鉄のぶつかり合う激しい衝撃音と同時に、火花が散り、横転したパトカーのエンジンカバーが吹っ飛び、猛烈な勢いで水蒸気が噴出した。

スカイラインも、ライトをこわし、エンジンカバーが、ぱっくりと口を開けた。そのまま、非常線を突破したかに見えたが、ハンドル操作がきかなくなったのか、右手の土手にのりあげてから、ゆっくりと横倒しになった。

車輪が空しく宙で回転している。運転していた平松は、ドアを蹴破《けやぶ》ると、拳銃と、一億円入りのスーツケースを引きずるようにして、車から這《は》い出した。

助手席にいた竹谷が、生きているのか死んでいるのか、そんなことを気にかけている余裕はなかった。平松は、土手を登り、その向うにある雑木林に逃げ込もうと考えた。

ふいに、背後で、乾いた銃声がした。ぎょっとして振り向くと、車から這い出した竹谷が、警官隊に向って、拳銃を撃っているのだ。

(あの馬鹿が、恰好をつけやがって)

平松が、そう舌打ちしたとき、竹谷の身体が、がくッと前に倒れた。

さすがに、平松も血の気の引いた顔になった。

桜井刑事は、フロンドガラス越しに、犯人の一人が、県警の警官に撃ち倒されるのを見た。

もう一人は、ゆるい土手を登って、雑木林に逃げ込もうとしている。その中に逃げ込まれたら、追いかけるのに車が使えなくなる。

「行くぞ！」

と、鈴木刑事に声をかけ、パトカーを、土手に向って突進させた。

黒い車体は、見事に、土手をかけ上った。鼻先を雑木林に突っ込むようにして急停車すると、桜井は、拳銃を抜き出して、車から飛び出した。

パトカーに前を塞がれた形になって、平松は、一時、土手の途中に立ちすくんでいたが、今度は、斜めに駆けおり始めた。

「止まれ！」

と、桜井が叫んだ。

「止まらんと、撃つぞ！」

鈴木刑事も、車の反対側に飛び出し、拳銃を構えた。

平松が、振り向きざま、S&W三八口径の引金をひいた。

桜井の近くに弾丸が突き刺さり、土煙があがった。はっとして、桜井は身を伏せながら、鈴木刑事に向って、

「撃て！」

と、怒鳴った。

鈴木が、平松の足元を狙って狙撃した。その弾丸が、スーツケースに命中した。激しい衝撃を受けて、平松は、思わずスーツケースを取り落とした。

桜井は、そのすきに起き上って、両手で拳銃を構えた。

「銃を捨てろ！」

まっすぐに、平松を睨みつけて、桜井が叫んだ。彼の構えた銃口の先に犯人がいる。

平松は、中腰で、やみくもに一発、二発と撃った。弾丸は、パトカーに命中して、キーンという金属音を立てて、はね返った。

桜井は、教科書通りに、相手の足を狙って撃った。その弾丸は、平松の右太股《ふともも》に命中した。

平松は、悲鳴をあげてぶっ倒れると、

「助けてくれ！」

と、叫び声をあげた。

桜井は、ゆっくりと、拳銃を構えたまま近づいた。

「よし。銃を捨てるんだ」

「わかったよ」

平松は、手に持っていたリボルバーを放り投げた。

「すぐ、救急車を呼んでやる」

「そうしてくれ。おれの相棒はどうした？　死んだのか？」

「ああ。死んだ。銃を捨てろといったのに、撃って来たからな」

「あの野郎。一匹狼を気取りやがって」

「救急車が来るまでに話して貰いたいことがある」

「金なら、そのスーツケースの中だ。それから、おれは誘拐に手を貸したが、殺しはやってないぜ。仲間を殺したのは、あんたたちに撃たれた相棒の方さ」

「誘拐計画に参加した人間全員のことを話して貰いたいな。特に、神崎勇三、森千津子以外の若者二人のことだ」

3

捜査本部に、公安関係の木村《きむら》警部が呼ばれた。

日本人としては長身の方で、銀ぶちの眼鏡の奥の眼は、いかにも怜悧《れいり》という感じがする。T大法学部を首席で卒業しただけに、頭は切れるが、冷たい男だという評判もあった。

花の公安といわれるだけに、木村の服装も派手で、イタリア製のネクタイの真ん中に、ダイヤ入りのネクタイピンが光っている。

どちらかといえば、灰色のドブネズミスタイルに近い矢部警部は、どうも、この木村が好きになれないのだが、今日は、そんな個人的な好き嫌いはいっていられなかった。

三浦半島で逮捕した平松峰夫の証言が、コピーされて、各自に配られた。それには、三田首相誘拐計画に参加した六人の人相特徴が書き込まれてあった。

「問題は、加藤真太郎、青木卓という二人の男だ」と、矢部は、いった。

「平松峰夫の証言によれば、この二人は、二十五、六歳で、大学時代は、過激派に属していたという。どうやら、この二人が、今度の事件で、神崎勇三に代って主導権を握ったらしいので、木村警部にも来て貰った。公安の方のリストに、この二人の名前はのっていないかね？」

「それに答える前に、一つ疑問がある」

と、木村は、眉を寄せた。

「何だね？」

「大事な捜査会議に、民間人が二人もいるというのは、どういうことなのかね？　まず、その説明から聞きたいものだね」

木村は、部屋の隅にいる左文字夫婦を、じろりと睨んだ。

「僕たちは、遠慮しようかね？」

左文字が、矢部を見ると、矢部は、強くかぶりを振った。

「木村警部」と、矢部は、堅い声でいった。

「この左文字君は、今度の事件を最初に予見した人物なんだ。事態が変って、単なる身代金目当てから、もっと恐ろしい事件、つまり公安関係にも及ぶ事件になるだろうといったのも、左文字君だ。三根刑事部長も、左文字君が、われわれの捜査に参加することを許可している。だから、君も了解して欲しいのだ。彼がわれわれの邪魔をしないことは、私が保証するよ」

「君が保証するのならいいだろう」と、木村は、不承不承に、肯いた。

「ただし、われわれの会議中に、民間人には口を挟ませないで欲しいね」

「黙って拝聴していますよ」

と、左文字がいった。

「何よ、いばりくさって」

史子が、小声で文句をいった。が、木村には聞こえなかったようだ。

「ところで、木村警部。そちらのリストに、その二人の男の名前はありませんか？」

矢部がきくと、木村は、コピーを読み返してから、

「加藤真太郎、青木卓という名前に心当りはないね。もっとも、そういう連中は、いくつも変名を使うから、名前はあまり意味を持っていないがね。今、平松という男の収容された病院に、私の部下が、過激派の連中の顔写真を持って急行しているので、本名がわかるかも知れん」

「それで、この二人が過激派の連中だとして、これから、どんな行動に出てくると思うかね？」

矢部は、木村の考えをきいた。

木村は、軽く指先で眼鏡をおさえてから、

「身代金の要求を捨てたとなると、多分、西ドイツのテロリストたちが、経済界の大物を人質にとって、政府に突きつけた要求と同じものを、今度、日本の政府に要求してくるだろうと思う。つまり、現在逮捕投獄されている過激派の幹部連中の釈放だ」

「M重工本社爆破事件の犯人や、仲間を虐殺したリーダーたちだな」

「そうだ。もし、彼等が釈放されたら、また同じことをやるだろうね。人身テロもやるだろうし、大企業のビルに時限爆弾を仕掛ける筈だ。もっと悪いことは、幹部を逮捕されて、意気消沈している連中を、立ち直らせてしまうことだ。それに、これが成功したら、彼等は、また、重要人物を誘拐して、同じ要求を突きつけてくるだろう。私は、それが怖い」

「しかし、三田首相を人質にして、投獄中の幹部の釈放を要求して来たら、応ずるより仕方がないだろう？」

「それは、私一人の考えではどうにもならん。政府が決定することだ。ただ、私の個人的見解をいえば、彼等に対しては、たとえ半歩たりといえども譲歩してはいかん。それは、彼等を力づけ、新たな犯行を計画させるだけだからだ。私は、絶対に譲歩は出来ないと思っている」

木村は、一瞬、偏執者的な眼になった。テロリストたちを相手にしていると、こちらも、あんな眼になってしまうのだろうかと、左文字は、脇から見ていて、面白かったし、同時に、恐ろしくもあった。

電話が鳴り、受話器を取った刑事が、黙って、木村に渡した。

木村は、小声で相槌を打ちながら聞いていたが、電話を切ると、また、眼鏡を押しあげる仕草をした。神経質な感じの癖だ。

「病院に行っている戸田刑事からの電話だ」と、木村は、みんなの顔を見廻していった。

「平松は、こちらの持って行った顔写真の中に、問題の二人はいないといったそうだ。どうも、過激派の中では、新顔らしい」

「平松が、嘘をついている可能性は考えられないかね？」

矢部がきくと、木村は、強く首を振って、

「それは考えられないね。逮捕された平松は、自分と死んだ竹谷が、裏切られたと思っているから、他の仲間をかばうような嘘はつかない筈だ。それより、彼等の使っているボートの手配はしてあるのかね？」

逆に、矢部にきいた。そのきき方には、捜査一課を批判するようなニュアンスが感じられた。首相の誘拐事件という大事件にも拘《かか》わらず、この段階にきて、やっと捜査への参加を求められたことに反撥《はんぱつ》を感じているのは明らかだった。

「もちろん、手配はしてあるよ」と、矢部は、ぶぜんとした顔でいった。

「事件の当初から、そこにいる左文字君の指摘で、われわれは、犯人たちが大型のモーターボートを使用しているものと考えて、手配している。今度、平松の証言によって、そのボートは、白色の三十九フィートの船で、船名は『ピンクパンサー』とわかったので、発見されるのも、時間の問題だと思っている。ただ、犯人たちが、すでにボートを捨てているかも知れないがね」

そんな二人の警部のやり取りを聞きながら、左文字は、ちらりと腕時計に眼をやった。

すでに、午後二時に近い。

（なぜ、加藤と青木の二人の犯人は、新たな行動に出て来ないのだろうか？）

左文字の疑問は、それ一つだった。

「そろそろ、僕たちは失礼しようじゃないか」

と、彼は、妻の史子に小声でいった。

「ここにいると、自由に動けなくなる」

4

左文字夫婦は、超高層ビル三十六階の自分たちの事務所に戻った。

「やっぱり、ここが一番落着くねえ」

　左文字は、小さく伸びをし、窓の下に拡がる新宿の街を見下した。

　史子も、左文字の横に並んで、街を見下した。車も人も、小さな模型のように見える。

「三田首相が誘拐されたことを、誰も知らずにいるのかと思うと、奇妙な気持ね」

「現代は、情報過多の時代のくせに、情報手段が集中してしまっているために、権力者が押さえようと決めたら、大事なニュースも、全く伝わらなくなってしまうんだ。だから、現代は、情報過多と、情報不足が背中合せの時代なんだ」

「怖い時代ね」

「そうだ。怖い時代さ」

　左文字は、大きく肯いた。権力者が、情報手段を握ったら、簡単に独裁が実現するだろう。

「犯人たちは、今、何をしているのかしら？　何故、沈黙を守って、何も要求して来ないのかしら？」

　史子が、不思議そうにきいた。

「僕も同じ疑問にぶつかっているんだ。加藤と青木の若い二人が、主導権を握ったのだとしたら、すぐにも、新しい行動を起こす筈なのに、何故、まだ動こうとしないのか、それが不思議だ」

「犯人たちは、壁にぶつかってるんじゃないかしら？」

「どんな壁だい？　彼等は、首相を人質にとっているんだぜ」

「その人質は、七十歳に近い老人なのよ。病気になってしまったか、それとも、死んでしまったかして、人質としての価値が低下してしまったんじゃないかしら？」

「そうは思えないね」

「何故？」

「三田首相が死んでしまったとしよう。その場合には、犯人たちは、それを知られまいとして、逆に、急いで行動を起こす筈だ」

「じゃあ、彼等がゆっくりしているのは、かえって、自信の表われなのかしら？」

「そうかも知れないね。新しいゼロ計画に、犯人たちが、十分な自信を持っているのかも知れない。それとも、仲間が別にいて、現在連絡を取っているということも考えられるね」

「犯人たちは、新しい行動の場所として、東京を選ぶといったわね？」

「ああ。この大都会が、もっとも宣伝効果があるからさ」

「でも、今のままじゃあ、宣伝効果は全くないんじゃないかしら。政府は、首相誘拐の事実を押さえてしまっているから」

「その通りさ。だから、今度は、犯人たちの狙いが、マスコミにあるかも知れないな」

だが、彼等がどんな方法を取るかは、左文字でも、見当がつかなかった。二十億円の身代金を放棄して、その代りに、犯人たちは何を要求する積りなのだろうか。

とにかく、犯人たちは、マスコミにアッピールしてくるだろう。

「テレビだ！」

と、左文字が鋭く叫んだ。

「テレビをつけてみてくれ」

「どうしたの？」

「犯人たちは、テレビを利用する筈だ。一番直接的で影響力の強いマスコミ媒体だからね」

左文字は、史子が動くのを待っていられないという感じで、自分で、テレビのスイッチを入れた。

ＮＨＫにチャンネルを合わせた。

寄席中継をやっていた。左文字の好きな落語家が出ていたが、さすがに今日は、落着いて聞く気になれなかった。

（何かが起こる筈だ）

と、思ってスイッチを入れたのだが、いっこうに、臨時ニュースが始まらない。長屋の花見といった落語が、延々と続いている。

自分が、珍しくいらだっているのを左文字は感じていた。何かが始まるのなら、早く始まって欲しいのだ。

「コーヒーをいれましょうか？」

と、史子が声をかけたが、左文字は、生返事をして、テレビの画面に眼をやっていた。

落語が終って、漫才になった。

（犯人たちは、何もしない気なのか）

左文字は、次々に他のチャンネルを廻してみた。が、どこの局も、歌謡番組か、再放送のドラマを流していた。

また、ＮＨＫに戻した。

白っぽい画面が映った。何も映っていない白っぽい画面だ。

左文字は、緊張した。史子を手招きする。メモを渡すディレクターと、小声で何か話し合っている。緊張のあまり、キューが出たのに気付いていないのだろう。

中年のアナウンサーは、やっと気付いたように、あわてた顔で、カメラの方を向いた。

「臨時ニュースを申し上げます」

と、アナウンサーはいった。

「三田首相が誘拐されました。三田首相は、昨日の午後二時頃、国立中央病院から誘拐されましたが、事件の重大さから、今まで、その発表を差し控えて参りました。ところが、三十分前、ブラック・タイガーと名乗る男から、NHKに電話が入りました。午後二時にブラック・タイガーが首相を誘拐したことを発表し、声明文を朗読しろというのです。もし、拒否すれば、首相を殺害すると警告されました。同時に、受付に若い男が現われ、封筒を置いて立ち去りました。これがその封筒ですが、中に、ブラック・タイガーの声明文と、ポラロイドカメラで撮った首相の写真が入っていました。この二つを前にして、われわれは、討論を重ね、熟慮した結果、ここに発表することにしました」

アナウンサーは、封筒の中から、コピーされた声明文と、ポラロイド写真を取り出した。

左文字は、ビデオのスイッチを入れた。

「これが、三田首相の写真です」

アナウンサーは、カラー写真をカメラの方に向けた。カメラが近づいていく。

確かに、三田首相が写っていた。

ワイシャツ姿で、イタリア製の自慢のネクタイが、ひん曲っている。疲れ切った顔だ。

右手に紙を持たされている。それに、大きな字が並んでいた。

〈私はブラック・タイガーの捕虜です〉

そう書いてある。

「首相が右手に持っている大きな紙に注意して下さい」

アナウンサーがいうと、カメラは、更に近づいた。

〝捕虜です〟の文字の下に、新聞の一部が貼りつけてあり、その日付のところが、朱で丸く囲ってある。

「これは、今日の新聞の一部です。つまり、首相は、少なくとも今朝は、生存していたことになります。ブラック・タイガーは、それを示したくて、この写真を送りつけて来たものと思われます。次は、彼等の声明文です」

アナウンサーが、コピーされた声明文を拡げた。がさがさという音が、やけに大きくひびいた。

「このコピーには、同じものが、各テレビ局、新聞社に送付される筈だと、但し書きがしてあります。では読みます」

アナウンサーは、わざと、抑揚のない声で声明文を読みあげた。

〈われわれは、ファシストの権化、反動政府の筆頭である三田首相を捕虜とした。彼は捕虜として処遇される。何故なら、われわれは、反動勢力と戦っており、われわれの住む場所は、すでに戦場と化しているからである。

戦場であることは、数時間以内に証明されるだろう。

われわれの要求は、追って、またテレビを通じて明らかにするが、それまで、警察はわれわれに対する捜査をしてはならない。もし、これに反した行動をとれば、三田首相は、直ちに処刑されるだろう。

われわれと志を同じくする者、革命のために戦う者たちに、心からなる祝福を送る。

ブラック・タイガー〉

5

電話が鳴った。

左文字は、一瞬、史子と顔を見合わせてから、受話器を取った。

「テレビを見たか？」

と、矢部警部の声がきいた。

「見たよ」

「君の予想どおりになったな。公安の連中は、おれたちの出番だとばかり、大張り切りだ」

「そりゃあ、そうだろう」

「一つだけ、君に知らせておくことがある。例のモーターボートが見つかったよ。

『ピンクパンサー』という名前の三十九フィートのボートだ」

「何処で？」

「茅ケ崎《ちさき》海岸だ」

「しかし、あそこには、ヨットハーバーなんかない筈だがな」

「海岸に乗りあげて、遺棄されていたんだ。周囲の聞き込みをやったところ、黒塗りの乗用車が二台、海岸近くに駐《と》まっていたのを目撃した人がいる」

「つまり、仲間が待っていたということだね？」

「われわれは、そう解釈した。ボートの船室《キャビン》には、警察に挑戦するように、ブラック・タイガーと署名してあったよ」

「神崎勇三と、森千津子は？」

「いなかった。ブラック・タイガーの仲間に入ったのか、三田首相同様、彼等の捕虜になったか、どちらかだろう」

「加藤真太郎と青木卓の二人について、その後、何かわかったのかね？」

「まだだ。公安でもわからないらしい。多分偽名だろうな。君はどう思うね？」

「僕にもわからんよ。僕はアメリカにいて、日本の過激派のことにくわしくないからね」

「気になるのは、声明文の中にあった、戦場であることを証明して見せるという言葉だ」

「その点は同感だね」

左文字が肯いた時、突然、轟音《ごうおん》と共にビル全体が、びりびりと震動した。

左文字は、受話器を置いて、窓際に駆け寄った。

「あれよ」

と、史子が、隣りの超高層ビルを指さした。そのビルの五階附近から、煙が吹き出している。

「おい！　どうしたんだ？」

受話器から、矢部警部の声が聞こえている。

左文字は、戻って受話器を取りあげた。

「どうやら、ここが戦場になったらしい」

第九章　市街戦

1

Sビルの五階にあるレストラン「花山」は、瓦礫《がれき》の山と化していた。

窓ガラスは全部吹き飛び、椅子、テーブルは、壁際まで飛ばされ、叩きつけられてしまった。コンクリートの床には、大きな穴が出来た。

食事時でなかったのが、せめてもの救いであった。もし、夕食時で、テーブルが埋まっていたら、死傷者多数を出す大惨事になっていただろう。

それでも、来客を、「花山」に連れて行き接待していたSビル内の太陽商事の第三営業課長が、客と一緒に重傷を負って、救急車で運ばれた。その他、店の従業員五人と、客三人が、同じく負傷して、病院に運ばれている。その中の一人は、病院に着くと同時くらいに死亡した。

死者一名、重軽傷者九名を出す惨事である。

ほとんど時を同じくして、虎ノ門にあるN自動車の展示場で、新車の下に置かれていたと思われる時限爆弾が爆発した。

百二十六万円の新車は、二メートル近く放り投げられ、コンクリートの床に激突して、スクラップと化してしまった。

窓ガラスは、一枚の例外もなく、粉々に砕け散り、丁度、店の前を通りかかった若いカップルが、ガラスの破片で軽傷を負った。

爆発の時、店内には、従業員五人と、客二人だったが、全員が重傷を負って病院に収容された。

「まるで、無差別テロね」

史子が、憤慨して、声をふるわせた。

「ブラック・タイガーにいわせれば、無差別じゃないのかもしれないね。レストラン『花山』は、太陽商事の資本が入っていて、あそこの幹部がよく利用する店だし、N自動車は、大企業だ」

「でも、罪もない人たちが、負傷して病院に運ばれてるわ。しかも、一人は死んでるのよ」

「それが、彼等のいう戦場ということなんだろう。戦場では、誰もが傍観者でいることは出来ないというのが、彼等の論理だろうからね」

「まるで、彼等の弁護をしているみたいね」

「そんなことはない」

左文字は、強く首を横にふった。

どの夕刊も、トップに、三田首相誘拐と、二つの爆破事件を持ってきた。

ブラック・タイガーの声明文も、一面を飾った。

山岡《やまおか》官房長官が、政府の見解として、談話を発表している。その要旨は、次のようなものだった。

〈一、政府は、右と左とを問わず暴力を憎む。
一、ブラック・タイガーには、一刻も早く三田首相を釈放するよう要求する。
一、ブラック・タイガーの諸君。君たちの行動は、日本の民主主義を破壊するものだ。
一、彼等の不当な要求を呑むことは出来ないが、われわれは、首相の救出に全力を

つくす〉

常識的な声明ということが出来るだろう。或いは、建前論ともいえよう。不当な要求は呑めないといいながら、一方では、首相の救出に全力をつくすともいっている。二十億円の身代金なら、不当な要求には当らないということなのか。

2

その日、どのテレビ局、新聞社にも、ブラック・タイガーの要求書は届かなかった。

犯人たちは、焦っていないのだ。

各テレビ局に、第二の手紙が届いたのは、翌日の午後三時だった。犯人は、昨日の夕方、要求書としてコピーし、中央郵便局に投函したのである。

今度は、NHKだけでなく、各テレビ局が、ブラック・タイガーの二通目の声明文をブラウン管にのせた。

〈新宿Sビルと、虎ノ門N自動車展示場の二つの爆破は、われわれブラック・タイガーの輝かしい実験である。

前にわれわれは、全ての場所が戦う者にとって戦場であると予告した。二つの爆破は、その証明でもある。

巻添えになって負傷した人々に対して、われわれは、心が痛まぬわけではない。しかし、戦いに犠牲者がつきものであることも事実である。革命が成功した時、彼等は、必要な犠牲者だったとして顕彰されるであろう。

三田首相の二枚目の写真を同封する。これによって彼が無事であることがわかる筈だ。

一、二つの爆破事件について捜査してはならない。捜査したことがわかれば、三田首相をわれわれは直ちに処刑する。

一、われわれは、新たに、ブラック・タイガーとして、戦いと革命のための軍資金として、二十億円を要求する。

一、この軍資金は、われわれの同志であり今度の首相誘拐計画に強力な援助を惜しまなかった次の人々に送られることを要求する。彼等は、われわれブラック・タイガーの良き戦友であり、革命の戦士である。

須藤正巳
中野直人
富田健一
八部美津夫
村尾明広
伊集院勝人
岡本敬治
田中一雄
浜田美千子
水原陽一郎
百々田兼広
山本昌子

彼等の一人一人に一億円が送られるべきである。なお、彼等が、国外への脱出を希望する場合は、その便宜が与えられなければならない。十二人の同志諸君、三田首相は君たちの人質でもある。遠慮なく身代金を政府に要求したまえ。もし、政府がこれに従わない場合は、三田首相は直ちに処刑されるだろう。

一、前項が全て実施された場合、はじめて首相は釈放される。
一、三田首相は優柔不断で悪評をかっていたが、政府は、われわれの要求を、すみやかに実行すべきである。
一、われわれは、今度の首相誘拐を、ゼロ計画と呼ぶ。

ブラック・タイガー〉

三田首相の写真も、公表された。

新聞を見ながら、食事をしているポラロイド写真である。背中を丸め、スプーンを動かしている小柄な老人の姿には、一国の首相の威厳は、どこにも見られなかった。

三田首相の持っている新聞には、大きく彼の写真がのり、「首相誘拐」の文字が見える。つまり、昨日の夕刊であることを示しているのだ。

アナウンサーは、言葉を続けた。

「関係者によれば、この声明文にあげられた十二名の男女は、全て、当局がマーク中の活動家であり、政府高官襲撃事件や、M重工本社爆破事件などのリーダーと目されている者ばかりだということです。彼等にそれぞれ一億円もの資金を与え、国外脱出も自由となれば、彼等を勇気づけ、日本全体が、テロの戦場と化する恐れがあると、当局は見ています。従って、絶対に、ブラック・タイガーの要求を呑むことは出来ないといっていますが、何分にも、三田首相が人質になっていることでもあり、長い時間をかけ、じっくりと犯人側と交渉することが必要ではないかと思われます」

3

「じっくりと、時間をかけ交渉なんかしているわけにはいかんな」

と、いったのは、党で最長老といわれている脇坂《わきさか》だった。

前に一度、首相の座についたことのある脇坂は、すでに七十六歳に達していながら、党内では、いぜんとして、大きな力を持っていた。党内に長老政治を持ち込むものだとして、若手の党員の中に、反脇坂の空気もあるのだが、今度のような事件が起きると、相変らず、脇坂を始めとする長老が前面に出てくることになる。

今、脇坂と同席しているのは、同じように七十歳を過ぎた老人二人だった。

一人は、政調会長の佐々木だが、もう一人は、柳沢徳之助《やなぎさわとくのすけ》である。小柄で温顔なことから、「徳さん」などと愛称で呼ばれることがあるが、実際の柳沢は、そんな甘い男ではなかった。

柳沢は過去に二度、幹事長をやっている。そのくせ、総理、総裁にはなりたがらなかった。大臣への就任を要請されたこともあるが、それも断わっている。自分は、裏方に徹するのが好きなのだと笑うが、若手に恩を売って、着々と、党内での重さを作ってきた男だった。

柳沢は、何かもぐもぐと口を動かしたが、声にはならなかった。何か、考えをまとめようとするとき、柳沢という男は、独り言をいうことがある。

柳沢に比べると、脇坂は、能弁だった。喋りまくって、相手を抑えつけてしまうようなところがある。

「何よりも大事なのは、首相の東南アジア歴訪だよ」

と、脇坂は、血色のいい顔を、突き出すようにして、二人を見た。

「首相が誘拐されたから、予定していた歴訪は出来ませんなどといったら、君、日本の恥だよ。民度が低いと軽蔑されるよ」

「しかし、犯人は、東南アジア歴訪が、われわれの弱点だと考えて、三田君の釈放を、一日延ばしに延ばしてくるのは眼に見えているがね」

佐々木は、葉巻に火をつけながら、顔をしかめていった。なかなか火がつかず、いらだった表情になっている。

「君は、どうしたらいいと思うね？」

脇坂は、黙っている柳沢を見た。

柳沢は、すぐには答えず、細い眼をしばたたいていたが、

「思い切った手を打つべきだな」

「どんな？」

「一国の首相が、たとえ一日でも不在だということは許されないことだ」

「うん、うん」

脇坂は、柳沢のいわんとするところを、もう読み取った顔で、二、三度、大きく肯いて見せた。

「それにだ」と、脇坂は、声を大きくしていった。

「どうも三田君は、優柔不断で人気がない。党内でも不満が、鬱積《うつせき》している。国民は、ニコニコして何もやらん総理よりも、実行力と決断力のある総理を待望しておるんだよ。三田君じゃあ駄目だ。強力な指導者、強力な国家、それでなけりゃあ、これからの難しい世界で、日本という国家を守っていくことは出来ん。憲法改正、再軍備、徴兵制の実施へと、強力に政治を持って行ける人物が総理になるべきだ」

「脇坂君の持論が出たねえ」

柳沢は、ふッ、ふッ、ふッと、女のような笑い方をした。

「君だって、反対ではないだろう？　強い日本には」

脇坂が、強い眼で柳沢を見つめた。

柳沢は、それに対しては、そうだとも、違うともいわず、

「三田君に辞めて貰うとしたら、後継者は誰がいいかねえ？」

「順序からいえば、大蔵大臣の藤城君だがね」と、佐々木がいった。

「それに、彼は副総理でもあるから、こんな時のピンチヒッターには、一番ぴったりしているよ」

「幹事長の宇垣君が、対抗意識を燃やしているだろう？　それに、彼は、三田君の子分だろう？　とすると、三田君の辞職自体に反対するかも知れんな」

「それは大丈夫だよ」と、佐々木が、言った。

「あの男は、野心満々だ。自分が首相になれるチャンスが来たとわかれば、自分の恩人だって蹴飛ばすよ」

「確かに、その通りだな」

また、柳沢は、ふッ、ふッ、ふッと、女性的な笑い方をした。

柳沢は、楽しそうだった。

三田首相が誘拐されたことを悲しんではいない。むしろ、自分の出番が来たことを喜んでいた。人間を動かし、政治を動かし、国を動かすことが出来るのは、この上なく楽しいものだ。

「藤城君と、宇垣君のどちらが、新しい総理、総裁に適任と思うかね？」

佐々木が、二人の実力者の顔を見た。

「どちらが、秩序を重んじる男かということになるな」と、脇坂がいった。

「一国の首相がテロリストに誘拐され、爆弾騒ぎが続発している現在、もっとも必要なのは、法秩序の回復と、テロリストに対する断固たる態度だ。批判を恐れずに、彼等を根こそぎ逮捕し、刑務所に送り込むことが必要だ。もちろん、これは警察の仕事だが、政府としては、法律でそれをバックアップしてやる必要がある」

「新しい治安維持法の成立は、君の持論だったな」

柳沢は含み笑いをしながら、脇坂を見た。

「秩序だよ。君。秩序が必要なんだ。二人のどちらが、秩序を重んじるかだよ。妥協はいかん。三田君がいけなかったのは、やたらに妥協して、それが政治だと勘違いしていたことだ。彼が誘拐されたのも、自業自得といえないことはない」

「その点は、私も賛成だな」

柳沢が、肯いた。

「藤城君の方が、強い総理大臣のイメージにふさわしいと思うが、どうかね？」

「そりゃあ、彼は君の愛弟子《まなでし》だからな」

と、柳沢は、笑った。

「反対なのかね？」

「いや。賛成だよ。藤城君なら、三田君より強力な政治をやるだろうからね」

「じゃあ、明日にも、臨時党大会を開くことにしよう」

「反対者が出ると困るがね。政調会長としては」

と、佐々木がいうと、柳沢は、また、ふッ、ふッ、ふッと、声に出して笑った。

「大丈夫だよ。もう、私が、根廻しをしてある」

4

その夜、山岡官房長官が記者会見をし、犯人に呼びかける声明を発表した。

その声明は、かなり強い調子のものだった。

一方で、直ちに三田首相を釈放せよと、犯人側に要求し、一方、犯人たちの要求は、断固、拒否するというものだった。

最初、二十億円という身代金を、一も二もなく支払うことにした政府の態度から見ると大きな変化だということが出来た。

翌日の朝刊各紙の社説は、おおむね、政府の強硬態度を支持した。

三田首相の誘拐だけだったら、社説の調子は、こう一本にまとまらなかったろう。もともと、人気の薄かった三田首相である。いつも、新聞でからかわれていた三田首相に、さほど同情が集まるとは思われない。

誘拐犯が、神崎医師から、ブラック・タイガーに代り、過激派各派のリーダーへの呼びかけや、二つの爆破事件を起こしたことが、新聞を硬化させてしまったのだ。

午前九時。

代表的な新聞である中央新聞東京本社の前を、一台の車が、五、六十キロのスピードで通り過ぎた。

新聞社の入口で、大爆発が起きたのは、その直後だった。

丁度、外に出ようとしていた二十八歳の社員が即死した。両足を吹き飛ばされ、血潮が階段を染めるという、惨憺《さんたん》たる死にざまだった。

受付の窓ガラスも割れ、そこにいた二十三歳の女事務員が重傷を負った。

明らかに、今度の事件を批判した新聞に対するブラック・タイガーの報復だった。

午前十時。

永田町で、保守党の臨時党大会が開かれた。この大会は、テレビで全国に放送された。

脇坂は、最前列に陣取り、大きな眼で、大会が自分の思い通りに進行するかどうかを見守っていた。

それとは対照的に、柳沢は、最後列に腰をおろし、眼を閉じていた。まるで眠っているように見えるが、彼は、じっと、大会の動きを、耳で観察していたのである。

議長役の佐々木は、激しい調子で、ブラック・タイガーと、彼等に同調する過激派グループを非難した。

「彼等は卑劣にも首相を誘拐し、それによって、わが党、わが政府の機能を麻痺させようとした。しかし、諸君。わが党、わが政府、そしてわが日本国は、そんなことで、びくともするものではない。また、政府の機能は、一瞬たりといえども、麻痺させてはならない。それこそ、彼等の思う壺だからである」

臨時大会は、長老たちの考えた通りに進行した。

副総理であり、大蔵大臣でもある藤城利之《としゆき》が、満場一致で、臨時の党総裁に選ばれた。当然、午後の国会で、日本の首相として認められるだろう。

もちろん、誘拐された三田首相が生存している以上、あくまで、臨時の首相代理というこ とになる筈だが、党大会の空気は、臨時の党総裁、首相を選ぶ感じではなかった。このチャンスに、三田追い出しを図るといった感じが強かった。

テレビを見ていた左文字と史子も、その感じを強く受けた。

「これで、人質になっている三田首相の価値が少しは低下するんじゃないかしら」

と、史子は、テレビから眼を離して、左文字にいった。

「そうだな。少なくとも、党内での価値は大いに低下したね。すぐ釈放されれば問題はないが、首相代理になった藤城が、東南アジアを歴訪して帰国して、一つの実績を作ってしまったあとだと、党内は、ごたつくだろうね。さっきテレビで見た限りでは、三田首相が、辞職しなければならなくなるんじゃないかな」

多分、党としては、監禁されている三田首相が、自ら辞職を声明してくれることを、一番願っていることだろう。そうなれば、臨時という妙な肩書きをつけずにすむからである。

「事件は、これからどう動いていくと思う？」

史子は、当惑した表情で、左文字にきいた。

「最初は、単なる誘拐事件だったわ。人質がV・I・Pの総理大臣でも、誘拐事件に変りはなかったわ。でも、ブラック・タイガーなんかが現われたり、テロが続出したりすると私たちの手に負えなくなっちゃったみたいね」

史子の疑問に対して、左文字は、すぐには答えなかった。

彼は、曇り空の新宿の街に眼をやった。ブラック・タイガーに爆破された隣りの超高層ビルには、警官が、しきりに出入りしている。爆発に、どんな装置が使われたか、それを調べているのだろう。

「ねえ。私たちの手に負えなくなったと思わない？」

と、史子が、重ねてきいた。

「そうでもないさ」

左文字は、外を見つめたまま、独白に近い言い方をした。

「え？」

と、史子がきいたのは、よく聞こえなかったのだろう。

「そうでもないといったんだ」

「でも、東京のあっちでも、こっちでも、ボンボン爆発が起きたんじゃあ、ブラック・タイガーのいう戦争だわ。軍隊と軍隊の戦いになっちゃって、私たちの出番はないんじゃないの？」

「警察とテロリストの戦争ということかい？」

「うん」

「でも、その底にあるのは、誘拐事件だよ」

「誘拐事件なら、身代金の受け渡しがキー・ポイントになるわけでしょう？　ところが、ブラック・タイガーは、身代金を欲しがっていないわ。十二人の過激派の連中に、欲しければ、政府に要求しろといってるけど」

「問題はそこだよ」

「どこですって？」

「二十億円といえば大金だ」

「そんなことわかっているわ」

「ブラック・タイガーを名乗る連中は、何故、その大金を欲しがらなかったんだろう？」

「お金よりも、革命への情熱が強かったからじゃないの。世の中には、お金よりも、何かへの情熱に賭ける人もいるのよ」

「革命にだって、資金は必要だよ。彼等は、戦争だといっている。現代の戦争は、果し合いじゃない。財政の戦いだ。武器を手に入れるためにも、足として車を確保するにも、金は必要なんだ。ブラック・タイガーが、本物の革命家なら、資金の必要性は、よく知っている筈だ。だからこそ、神崎勇三の考えた三田首相誘拐計画に便乗したのではないかと、僕は考えていたんだがね」

「じゃあ、ブラック・タイガーが、ニセのテロリストだというの？」

「そう断定しているわけじゃない。今度の事件には、おかしなところがいろいろあると思うんだ。だから、冷静に観察していないと、大変な間違いを犯すことになるからね」

「でも、どうしたらいいのか、わからないわ」

「最初から、今度の事件を見直してみようじゃないか」

「最初からって？」

「最初、君が、中央公園で、瀕死《ひんし》の若い男から、ゼロ計画《プラン》という名前を聞いたことから、今度の事件は、始まっている」

「うん」

「あの若い男のことを、調べてみようじゃないか」

「それなら、もうわかっているわ。名前は高田裕介。二十六歳。新進のカメラマンで旅行好き。恋人の名前は松岡みどりで、交通事故で死んでしまった」

「よく覚えているね」

「これでも、記憶力はいい方よ」

「今、君がいったことは、警察が調べたことだ」

「間違っていると思うの？」

「いや。日本の警察は優秀だからね。正確だと思うよ」

「じゃあ、何故、また調べるのよ？」

「警察の調査は、事件がこうなる前のものだ。見落としたことがあるかも知れない」

「なんだか、無駄なことをするみたいだけどな」

「気がすすまなければ、僕一人で、調べに行って来るよ」

「わかったわよ」と、史子は、肩をすくめて立ち上った。

「一緒に参りましょうか。ご主人さま」

5

捜査本部は、百名にふくれあがり、捜査の総指揮は、本多捜査一課長がとることになった。

公安も、総力をあげて、捜査に当っているから、今度の事件に関係している刑事の数は二百人を越えるだろう。

まさに、ブラック・タイガーが高言したように、戦争の感じだった。市街戦だ。東京の何ヵ所かが爆破され、犠牲者が出ている。

だが、集められた刑事たちの仕事は、相変らず地味なものだった。

全員に、三田首相の顔写真が持たされている。そして、彼等がやることは、足で歩き廻る聞き込みだった。

三つの爆破事件について、いくつかのことが判明した。

Sビル五階のレストラン「花山」と、N自動車展示場の爆破に使用された時限爆弾は、いずれも同一のものだった。

爆弾容器　家庭用消火器
起爆装置　ガスヒーター
爆　　薬　塩素酸ナトリウム三〇〇グラム
時限装置　シチズン・トラベルウォッチ（型式不明）

同じような時限爆弾は、M重工本社などの爆破にも使用されている。

中央新聞に、ダイナマイトを投げ込むのに使用された車は、豊島公園近くに乗り捨てられているのが発見された。

盗難車である。指紋は検出されなかったが、その代りのように、運転席のサンバイザーに、ブラック・タイガーの声明文がはさまれていた。

テレビ局や新聞社に送られてきたのと同じ、白い便箋《びんせん》に、黒いボールペンで書かれてあった。

〈一、われわれに対するジャーナリズムの偏見をただすため、中央新聞に天誅《てんちゅう》を加えた。

一、マスコミも、われわれの戦列に加わるべきである。さもなければ、今後も、鉄槌《てっつい》が下されるであろう。

ブラック・タイガー〉

いつもながらの、独りよがりな声明文だと、矢部は苦笑しながら眼を通し、コピーにとって、一通を報道関係者に渡し、一通は、公安関係に廻した。

百名の刑事たちは、秋風の立つ街に出て、歩き廻っている。

「あの左文字という君の友人は、何をしているのかね？」

がらんとした部屋に残っていた矢部に、本多課長が、声をかけた。

「さっき電話をくれまして、これから、高田裕介のことを夫婦で調べに行くといっていました」

「高田裕介？　それは、ゼロ計画《プラン》を警察に知らせようとして、仲間に刺殺された男だろう？」

「その通りです」

「その男のことは調べたんだろう？」

「もちろん、調べました」

「じゃあ、何故、左文字君は、今になってまた調べようとしているのかね？」

「彼のやることは、時々、わからなくなります。事件は大きく変化してしまって、始まりを再調査しても仕方がないと、私は思っているんですが」

矢部は、首を振って見せた。左文字のやり方は、時々、わからなくなる時がある。ときには、とっぴに見えて、あとになって見ると、意外に、事件の急所を突いていることがあるのだが、今度ばかりは、左文字が、無駄なことをしているとしか、矢部には思えなかった。高田裕介という青年について、何か調べ残したことがあったとしても、事件は、激しく動き、すでに、最初の誘拐事件ではなくなってしまったのだ。

「犯人たちは、いったい何処へ消えてしまったのかねえ」

本多が、いらだたしげにいった時、けたたましく電話が鳴った。

本多が、受話器を取った。街に出ている刑事たちが、何か摑《つか》んだのかと、矢部は、本多の顔を見つめたが、電話を切った本多は、

「公安さんからだったよ」

と、面白くなさそうな顔でいった。

「何だといっているんです？」

「村尾《むらお》明広《あきひろ》と、伊集院《いじゅういん》勝人《かつひと》の二人を逮捕したそうだ。念のためにお伝えしておくと、えらく張り切った声でいっていた」

「その二人は、ブラック・タイガーが、同志として声明文に書いている十二人の中の二人ですね？」

「そうだよ。『キューバの星』と名乗る過激派集団の幹部で、前から、公安でマークしていたらしい。それを逮捕できたというんで、有頂天だ」

「こっちは、三田首相を見つけ出さなければならないんですから、それどころじゃないですな」

矢部は、溜息をついた。

それにしても、犯人たちと、三田首相は、何処へ消えてしまったのだろうか。

今のところ、最後に確認されているのは、茅ケ崎海岸である。「ピンクパンサー」というモーターボートが遺棄されていたから、あの海岸に上陸したことだけは間違いあるまい。そこから、二台の車に乗り込んで、どこかへ走り去ったと伝えられるが、これはまだ確認されていない。

とにかく、加藤真太郎、青木卓という二人の犯人に、仲間がいることだけは確かだ。二人だけでは、三ヵ所もの爆破は行えまい。

(いったい、何人、仲間がいるんだろうか？)

犯人たちは、声明文の中で、十二人のテロリストの名前をあげている。十二人全員が、仲間なのか。

仲間の数が多ければ多いほど、隠れ家も多くなるだろうし、それだけ、見つけにくくなる筈だ。

また、けたたましく電話が鳴った。

今度は、矢部が受話器を取った。

若い男の声が聞こえた。

「杉並、M電気倉庫」

「何だって？」

「杉並、M電気倉庫」

「君は誰だ？」

だが、矢部がきき返した時には、すでに電話は切れていた。

6

「どう思われますか？」

と、矢部は、本多捜査一課長を見た。

「君はどう思うんだ？」

「いたずらかも知れませんし、何か重大な密告なのかも知れません。或いは、ブラック・タイガーが、次に爆破する場所を予告してきたのかも知れません」

「爆破予告？」

「その可能性もあるというだけのことです。倉庫を爆破しても、さほど宣伝効果はありませんから、まずやらんでしょう」

「それなら、何だと思うね？」

「わかりませんが、とにかく、行ってみます」

矢部は、立ち上った。

あいにく、部下の刑事たちは出払ってしまっている。

矢部は、M電気に電話して、杉並区内の倉庫の場所を聞いてから、ひとりで、捜査本部を出た。

京王線で代田橋《だいたばし》へ出て、甲州街道から環七へ向って七、八分歩いたところにあるらしい。

矢部は、電車の中で、早刷りの夕刊を拡げた。

相変らず、首相誘拐と、ブラック・タイガーの記事で一杯だ。中央新聞がやられたせいか、他の新聞も、テロ行為に対して手厳しい論調になっている。

〈『キューバの星』の幹部二人を逮捕〉

の記事も出ていた。村尾明広、伊集院勝人の二人の顔写真ものっていた。〈この二人も、三田首相誘拐事件に関係か？〉という文句も読めた。

電車が、代田橋に着いた。矢部は、新聞を丸めて、コートのポケットに突っ込み、電車をおりた。

秋が急速に深まっている。今にも雨が降って来そうな天気で肌寒い。矢部は、歩きながら、コートの襟を立てた。やたらに寒気がするのは、天候のせいよりも、捜査が進行しないためかも知れない。

大原交差点から八分も歩くと、左手に、大きな倉庫群が見えてきた。

真新しい倉庫が、四棟並んでいて、その中の一棟には、大型トラックが横付けされて、ダンボールに包まれた電気製品を運び入れている最中だった。

矢部が、警備員室に行き、警察手帳を見せると、頭の禿げあがった六十歳くらいの警備員は、顔をほころばせて、

「なつかしいですな」

と、いった。二十五年間、警察で働いていたのだという。

矢部も、微笑した。

「それなら、私の先輩だ」

「ところで、今日はどんなご用ですか？」

「M電気の杉並倉庫というのは、ここですね？」

「そうです」

「昨日から今日にかけて、何か異常はありませんでしたか？」

「さあ。別に何もありませんでしたがねえ」

「錠はかかっているんでしょうね？」

「もちろんです」

二人で、一棟ずつ、倉庫の錠を点検していった。どれも、こわされてはいなかった。それに、簡単にあけられる錠とは思えなかった。

最後の一棟を見終った矢部は、裏手に、古びた倉庫が建っているのに気がついた。

「あれは？」

「近く取りこわす予定の古い倉庫です。雨もりがして、ひどい状態ですよ」

「錠はかかっていますか？」

「いや。中に何も入っていませんから。ただ時々、近所の子供が中に入るもんですから、錠をかけた方がいいんじゃないかと、私は思っているんですが」

「中を見ていいですか？」

「構いませんよ」

警備員は先に立って、その古びた倉庫に向って歩いて行った。

重い扉を、がらがらと音を立てて開ける。中は、やけに暗かった。

かび臭《くさ》い匂《にお》いがする。

「足元に気をつけて下さい」

と、警備員がいった。コンクリートの床には、木片や、こわれた電気製品などが放置されていた。

「そこにいるのは誰だ！」

ふいに、警備員が、奥に向って叫んだ。

眼をこらすと、奥に人影が二つ見えた。じっと動かない人影だ。

鉄骨の柱の根元に、柱に寄りかかるようにして座っている。近づくにつれて、男と女であることがわかって来た。

「死んでいるんじゃありませんか？」

警備員が、顔色を変えていった。

「そうらしい」

と、矢部も肯いた。二つの人影が、全く動かないからである。

男は背広姿の四十四、五歳。女は二十五、六歳に見えた。二人とも首をたれ、もたれかかっている。

矢部は、二人の前に屈《かが》み込み、まず、男の手首を握ってみた。全く脈がない。女の方も同様だった。

警備員が、懐中電灯の明りを近づけてくれた。

男の白いワイシャツの胸が、赤黒く染っている。乾いた血だ。女のドレスも、胸のあたりに、乾いた血痕《けっこん》が見えた。

「撃たれたんですかね？」

と、警備員が、緊張した声でいった。

「そうです」

「しかし、何故、こんなところで――？」

警備員は首をひねっている。

矢部は、懐中電灯を、二人の顔の部分に当てて貰った。

（やっぱりだな）

と、矢部は肯いた。

今度の首相誘拐事件で、最初リーダーだった神崎勇三と、看護婦の森千津子だった。手配の顔写真と、そっくりで、まず、間違いないだろう。

誘拐の新しいリーダーになった若い二人に、射殺されたのだろうか。

警備員に、警察への連絡を頼んでから、矢部は、懐中電灯の明りの下で、二つの死体を仔細《しさい》に調べてみた。

神崎の方は、胸に三発撃ち込まれている。森千津子には、二発だった。どちらも心臓を射抜かれているので、多分、一発でも致命傷になり得ただろう。それなのに、重ねて、二発、三発と撃ち込んでいるのは、何か理由があってのことなのか、それとも、犯人の冷酷さを示すものなのだろうか。

神崎の背広のポケットを探ってみた。

内ポケットには、六万八千円入りの革財布が入っていた。K島診療所所長の名刺も見つかった。犯人は、被害者の身元を隠す気は全くなかったようだ。

両頰に不精ひげが生えている。長さは四、五ミリといったところだった。ひげも剃《そ》れない状況に置かれていたのか。

矢部は、森千津子の方を調べてみた。乱暴された形跡はない。それがかえって、いとも無造作に殺されてしまったという感じを、矢部に与えた。

外でサイレンの音が聞こえた。パトカーと鑑識の車が来たのだろう。

矢部は、ゆっくり立ち上った。これで、何人死んだのだろうか？

第十章　再調査

1

左文字と史子は、高田裕介が住んでいた笹塚のアパート「青葉荘」に入って行った。

管理人は、けげんな顔で、二人を迎えた。

「高田さんのことなら、前に、刑事さんが来て調べて行きましたよ。矢部さんとかいう警部さんが来て」

「彼は、僕の友達です」

と、左文字はいった。

「すると、あんたも刑事さんですか。日本の警察にも、ハーフの刑事さんが生れたのかね」

「僕は刑事じゃない」と、左文字は、微笑した。

「高田さんの部屋は、どうなっています？」

「あのままですよ。何しろ、部屋中に現像液の匂いがしみついているもんですからね。あの匂いが消えるまで、ちょっと借り手がつきませんよ」

「見せて貰えますか？」

「ええ。いいですよ」

管理人は、二階にある高田裕介の部屋を開けてくれた。

なるほど、まだ現像液の匂いがする。管理人が階下《した》へおりてしまうと、二人は、2Kの部屋を見廻した。

「いったい、ここで何を見つけるつもりなの？」

史子が、壁に貼られてある風景写真の何枚かに眼をやりながら、左文字にきいた。

「それがわからないんだ」

「わからないですって？」

自然に、史子の声がとがってくる。

「しいていえば、警察が見つけられなかったものかな」

「そんなものがあると思うの？」

「あって欲しいと思っているよ」

左文字は、ゆっくりと、部屋を見て廻った。これはと思うものは見つからない。部屋にあるのは、風景写真と、交通事故で死んだ恋人の写真だけである。

「カメラマンなのにカメラが一台もないねえ」

「それは、お金が必要で、売ってしまったんじゃないの？」

「警察は、そう考えたらしいがね。ゼロ計画《プラン》に参加するので、金目のものを売り払ってしまったというのが正しいんじゃないかな」

「売ってしまったということでは同じじゃないの？」

「結果は同じでも、目的が違うということは、大変なことだよ」

「どう大変なの？」

史子は、男のように、壁に寄りかかり、腕を組んで左文字を見た。

左文字は、六畳の隅におかれた椅子に腰を下し、長い脚を組んだ。

「高田裕介は、君の腕の中で死んだとき、たいした金は持っていなかった」

「警察の発表では、五千円札一枚、千円札二枚、百円玉六枚、十円玉八枚、合計七千六百八十円だったわ」

「君は記憶力がいいんで助かるよ。もし彼が、ゼロ計画に参加するために、カメラを売り払ってしまったとしよう。少なくとも、彼はプロカメラマンだったんだ。安物のカメラを持っていたとは思えない。高級カメラを五、六台は持っていた筈だよ。売れば、十万円以上にはなる。そのお金は、どこへ消えてしまったのかな」

「誰かに渡したんじゃないかしら？　死ぬかも知れないと、万一のことを考えて」

「彼には、身寄りがないんだ。恋人も、交通事故で死んでしまっている」

「じゃあ、飲んで遊んだんじゃないの？　ひょっとすると、この世の見納めになるかも知れないと思ってね。首相誘拐という大変な仕事をするんだから、死ぬかも知れないから」

「それも違うね」

「何故、違うとわかるの？」

「部屋をよく見てみたまえ。煙草の空箱はやたらに転がっているが、ウイスキーやビールの空びんは一本もない。つまり、彼は、酒を飲まなかったんだ」

「じゃあ、そのお金を、誰に渡したと思うの？」

「わからないが、僕は、どうしてもそれを知りたいんだ」

「それが、何故、重大なことだと思うの？」

「勘だよ。それに、警察が、それを調べなかったから、調べてみたいんだ」

「ふン」

「反対みたいな顔だね」

「これは、あたしの勘ですけど」

「何だい？」

「高田裕介みたいな若い男は、たいてい借金があるものよ。飲み代の借金はなくたって、麻雀の負けだとか、月賦の残りだとかね。高田裕介は、そうした借金を清算してからゼロ計画に参加する積りで、カメラなんかを売り飛ばしたんじゃないかしら」

「かも知れないな。僕も、アメリカにいた頃、クレジットの支払いに追われたことがある。だから、それならそれで納得したいんだ」

「でも、どうやって調べる積り？　彼は死んじゃってるのに」

「彼には、友達が一人いた筈だよ」

「ああ、広瀬というカメラマンでしょう。でも、そのカメラマンが何処にいるかわかるの？」

「矢部警部に聞いて来たよ」

「彼、何か言ってなかった？」

「いってたね。今になって、僕が高田裕介に興味を持つのがわからないとさ。当然だろうね。彼の身元がわかったとき、僕は、何の興味も示さなかったんだから」

2

カメラマン広瀬不二男は、四谷にある写真スタジオ「カメリオ工房」で働いていることになっていた。

左文字と、史子は、だいぶくたびれてきたオースチン・ミニ・クーパーSに乗り込んだ。

あまり乗心地はよくない車だが、左文字は、この小さな車に愛着があって、他の車に替える気になれない。

四谷に向って、走り出すと、史子が手を伸ばして、ラジオのスイッチを入れた。

ニュースをやっている局にダイヤルを廻す。

〈M電気の杉並倉庫の一つで、男女の射殺体が発見されました。調べによると、この男女は、神崎勇三（四十五歳）と、森千津子（二十五歳）とわかりました。この二

人は、三田首相誘拐事件の関係者で、仲間割れから殺されたものと考えられます――〉

「また、人が死んだわ」

史子は、やり切れないというように、肩をすくめ、溜息をついた。

左文字は、何もいわなかった。

ニュースは、まだ続いている。

〈警視庁公安部は、『日本の牙』グループの幹部、中野直人《なかのなおと》、水原陽一郎《みずはらよういちろう》、浜田美千子《はまだみちこ》の三人を、三田首相誘拐の共犯容疑で逮捕したと発表しました。当局は、この三人は、以前からテロリストとしてマークしていたといっています。これで、三田首相誘拐事件が発生して以来、公安部が逮捕したテロリストは、合計五名になりました〉

「どうも、よくわからないな」

と、史子が呟いた。

「何がだい？」

「『日本の牙』の三人が逮捕された理由がよ」

「それは、ニュースでいった通りだろう。三田首相誘拐事件の共犯容疑だ」

「でも、半年前に、T石油の社長宅が放火されたとき、『日本の牙』は、声明を発表したわ。確か〈腐敗した石油資本の責任者に対して、怒りの火炎びん攻撃が加えられた〉という声明だったわ。あの時、何故、警察は彼等を逮捕しなかったのかしら？」

「君は、大学で何を専攻したんだっけ？」

「英文学」

「だろうね」

「何が、だろうねなのよ」

「僕は、君よりは法律にくわしい。法律というやつは、面倒くさいものでね。ある犯罪で裁く場合、グループとしてではなく、個人として告発するようになっているんだ。個人名で、起訴され、裁かれる。だから、グループ名で、やったと声明を出しても、リーダーを逮捕することは難しいのさ。逮捕しても、リーダーが、その犯行を計画立案し、命令したことを証明するのは、難しいからね。それに、グループの方も、あいまいな声明を出すことが多い。例えば、今、君がいった『日本の牙』だ。〈攻撃が加えられた〉という表現を使って、〈加えた〉とはいっていない。日常的には同じことだが、法律的には、天と地ほど違うんだ」

左文字が、そこまでいった時、二人の乗った車は、四谷に来ていた。

四ツ谷駅から、やや、市ケ谷の方に、左折した坂の途中に、「カメリオ工房」があった。

窓の全くない奇妙な建物だった。

中では、週刊誌に使うグラビア写真の撮影が行われていた。まばゆい照明の中に、若い女性のヌードが踊っている。外は秋寒むの気配だが、スタジオの中は、暑いくらいだった。

撮影が、ひと区切りするのを待って、左文字は、二十七、八歳の若いカメラマンに声をかけた。

「広瀬というカメラマンに会いたいんだが」

「今いないけど、あんたは?」

と、そのカメラマンは、じろりと、左文字を見て、

「あんた、ハーフだね?」

「まあね」

「背広のコマーシャル写真を頼まれてるんだけど、モデルになる気はないかねえ」

「遠慮させて貰うよ」と、左文字は、笑った。

「広瀬君に会うには、どこへ行ったらいいのかね？」

「住所ならわかるよ」

相手は、ジャンパーのポケットから手帳を取り出して、

「新宿の近くのマンションだな」

と、そのマンションの名前と、電話番号を教えてくれてから、

「しかし、いるかどうかわからないよ」

「旅行へでも行っているのかね？」

「そうじゃないが、時々、行方不明になるんだよ。どうも、わからないところの多い男でね」

「高田裕介という男については？」

「それは、新聞に出ていたカメラマンのことだろう？　三田首相の誘拐事件に関係してたとかいう」

「そうだ」

「広瀬とは親しかったみたいだけど、おれは全然、つき合ったことがないね。このス

タジオに来たこともないんだ」

3

新宿と初台の中間あたりにある「コーポ・北新宿」は、全室1LDKの造りだった。

そこの五〇六号室に、広瀬は住んでいる筈だった。

管理人室の前に並んでいる郵便受を、まず調べてみた。

「変だわ」

と、史子が、眉をしかめた。五〇六号室のところには、広瀬ではなく、「井上」という名札が貼ってあったからである。

「住人が変ったのかな」

左文字は、管理人にきいてみた。

「五〇六号室なら、前から井上さんですよ」

と、管理人は、郵便受に眼をやりながらいった。

「その井上さんというのは、若いカメラマンですか？」

「ええ。そうですよ」

「車はフォルクスワーゲン？」

「名前は知りませんけど、ドイツの車だっていっていましたね」

それなら、広瀬に間違いないのだ。

「今、部屋にいますかね？　いるのなら、会って、お話を聞きたいことがあるんだが」

「留守の筈ですよ。二日前でしたかね。ちょっと旅行に出かけてくるといって、車でどこかへ行かれましたからね。駐車場に、車は戻っていないし――」

「誰か、訪ねて来ることはありませんでしたか？」

「よく、若い人たちが遊びに来てましたね。夜おそくまで明りが点《つ》いているんで、きいてみたら、仲間と麻雀をしているんだとおっしゃっていましたよ」

「どうも」

と、左文字は、礼をいったが、管理人が引っ込んでしまうと、さっさと、階段をのぼり始めた。

「どうする気？」

あわてて、史子がきいた。

「五〇六号室を調べてみるのさ」

「そんなことをして、見つかったらどうするの？」

「刑務所行だろうね」

左文字は、ニッと笑った。

五〇六号室の前に来ると、左文字は、史子からヘア・ピンを借り、それで、ドアの錠を開けにかかった。

「アメリカで、先輩の探偵に教わったのさ」

と、いっている中《うち》に、ぴーんと乾いた音がして、ドアは、簡単に開いてしまった。

「君は、廊下にいた方がいい。部屋に入らなければ、家宅侵入罪にならないからね」

左文字がいった。が、史子も、彼の後について、部屋に入った。

高田のアパートと同じ現像液の匂いがした。だが、こちらには、いろいろな調度品が揃っていた。

洋服ダンスがあり、カラーテレビがあり、本棚には、本が並んでいた。それに、商売道具の高級カメラが無造作に、テーブルの上に置いてあった。

「麻雀卓はないね。麻雀牌《パイ》もね」

「管理人に嘘をついていたわけね」

「どうもこのカメラマンは、いろいろと、嘘のある男らしい」

左文字は、洋服ダンスから、背広の上衣を取り出して、史子の前に投げた。

「その上衣のネームは須藤になっているよ」

「驚いたわね。どれが、本当の名前なのかしら？」

「ひょっとすると、三つとも偽名かも知れないな」

「何故、二つも三つも偽名を使っているのかしら？　カメラマンって、偽名を使う習性があるのかしら？」

「そんなことはないと思うね。常識的に考えれば、偽名を使うのは、本名では都合が悪い場合だ」

「広瀬という人は、前科者なのかしら？」

「古い言い方をするねえ」と、左文字は、笑った。

「現代は、もっと複雑化しているよ。前科は全くなくても、本名では都合が悪い場合もある筈だ」

「たとえば、どんな場合――？」

「今はやりの蒸発がある。ある生活を切り捨てて、新しい生活に入る時は、発見を恐れて偽名を使うだろうね」

「この広瀬クンも、どこかから蒸発して来たと思うの?」

「今のは譬話《たとえばなし》だよ。他にも、いろいろな場合がある」

左文字は、そのいろいろな場合を見つけ出すために、もう一度、1LDKの室内を見廻した。

彼が、注目したのは、本棚だった。そこに並んでいる本の種類が、住人の好みや、性格を示していることが多いからである。

「どう思うね? この本棚は?」

左文字がきくと、史子は、並んだ本の背中を、指先でなぜるようにしてから、

「あまり特徴はないわね。カメラ雑誌や、報道年鑑が揃ってるのは、カメラマンなんだから当然だし、あとは、ベストセラーになった作品ばかりね。案外平凡な男なのかも知れないわね」

「だが、このベストセラーになった本をよく見ると面白いんだ」

左文字は、二冊、三冊と抜き出して、テーブルの上に並べた。

「よく見てみろよ。どの本も、全く読んだ形跡がないんだ」

「確かにそうね。かぶせてあるセロファンも全然、破れてないわね。何故、読みもしない本ばかり並べてあるのかしら?」

「その答えは、この部屋のどこかにある筈だよ」

左文字は、戸棚や押入れを開けて調べていたが、「これだ」と、押入れの奥から、一冊、二冊と本を引っ張り出した。

特徴のある本ばかりだった。

『毛沢東選集』

『革命への道』

『ゲバラ評伝』

「こっちの本は、よく読んでいるよ。頁を折った跡もあるし、ところどころに、感想も書き込んである」

「じゃあ、本棚に並んでいる本は、偽装だということになるのかしら。でも、押入れにあった本を読んでたって、別に法律に触れるわけじゃないし、あなただって、本棚に、ゲバラ関係の本を並べてるじゃないの」

「僕の場合は、問題にならないが、ある種の人間にとっては、問題になるんだ」

「ある種の人間って？」

「思想的に警察にマークされている人間だよ。彼は、偽名を使い、平凡なカメラマンとして生活している。だが、彼は、自分の本当の姿を知られたくないから、生活の端々にまで気を配る。思想問題だとすると、読んでいる本は、一番その特徴が表われるから、偽装をすることになるんだと思うね」

「じゃあ、広瀬クンは、思想的な問題で、警察にマークされていたと思うの？」

「ああ、そうだ。多分、何かの組織に入っていて、実際行動に走ったこともあるんだと思うね。それで、逃げ出したんだ」

「でもおかしいわ」

「どこがだい？」

「高田裕介のことを、矢部警部たちが調べている時、広瀬クンは、彼の方から出向いて来て、証言しているのよ。警察から逃げ廻っていたのなら、たとえ親友のことでも、のこのこ刑事の前に現われるのは危険の筈だけど」

「そこが、また面白いのさ」

左文字が、意味ありげにいったとき、ふいに、入口のブザーが鳴った。

史子の顔色が変ってしまった。とっさに、窓の方に眼をやったのは、ベランダから逃げられないかと思ったからだが、ここは五階である。飛びおりるわけにもいかないだろう。

左文字は、じっと、ドアを見つめた。

ブザーが、また鳴った。

本人や管理人なら、ブザーは鳴らさないだろう。とすれば、外にいるのも、この部屋の住人にとって他人なのだ。それならば、別に怖がる必要はない。

左文字の方から、ドアを開けた。

男が二人立っていた。

「なんだ？　君は」

と、男の一人が、傲慢な眼つきで、左文字を睨んだ。

その間に、もう一人が、ズカズカと、部屋に入り込んだ。

「刑事さんか」

と、左文字は、笑った。どう見ても、この二人は刑事だ。

「君は八部美津夫《やべみつお》の仲間か？」

「八部？　それが広瀬の本名ですか？」

「どうやら、仲間じゃないらしいな。何者なんだ？」

「矢部警部を知っていますか？」

「捜査一課の矢部さんなら知っているがね」

「彼に頼まれて、今度の事件を調べている者です。彼女と一緒にね」

「ふーん」

と、相手は、鼻を鳴らした。

「八部の奴、逃げたらしい」

もう一人が、戻って来て、同僚にいった。

「あんたたちは、どうやら、公安の刑事らしいですね」

左文字がいうと、相手は、キッとした顔になって、

「われわれの邪魔だけはして貰いたくないね」

「邪魔はしませんよ」

「じゃあ、そこをどいてくれ。われわれは、部屋の中を調べたいんでね」

「どうぞ。どうぞ」

左文字は、史子を促して、廊下に出た。背後で、手荒くドアが閉まり、中から錠が下される音がした。誰にも邪魔はさせないぞという意思表示のように、その音は聞こえた。

「何よ。あの態度」

史子は、眉を吊りあげて、舌打ちした。左文字は、笑って、

「怒りなさんな。警察が私立探偵を馬鹿にするのは、日米共通さ。それより、面白い

ことを聞かせて貰った。広瀬の本名は、八部美津夫だ」

「八部美津夫っていえば、例の十二人の中の一人ね」

「そうだ。公安は、あの十二人を、全員逮捕する気でいるらしい」

4

二人は、車に戻った。

「これから、何処へ行く気？」

「鎌倉の病院に、平松峰夫に会いに行くつもりだ」

「平松というと、自衛隊あがりで、誘拐事件の仲間だった男ね？」

「そうだ」

「会って、どうするの？」

「もちろん、話を聞くのさ」

左文字は、もうアクセルを踏んでいた。小さなミニ・クーパーSは、つんのめるように走り出した。

「話を聞くったって、警察が、詳しい事情聴取をした筈だわ」

「警察が聞かなかったことを聞くのさ」

「そんなものがあると思うの？」

「あるかどうか、平松という男に会ってみなければわからないよ」

「ねえ」

「何だい？」

「今度の事件で、何より大事なことは、三田首相を見つけ出して、助け出すことだわ」

「その通りだよ」

「それなのに、あたし達は、事件に直接関係のないことを、一生懸命になって調べているような気がするんだけど」

「そうかな」

「広瀬というカメラマンの本名が、八部美津夫だとしても、三田首相の誘拐とは関係がないわ」

「そう思うかい？」

「思うわよ。だって、誘拐に関係したのは、広瀬カメラマンじゃなくて、友人の高田裕介なんだし、高田裕介は、誘拐前に殺されちゃっているんだから。だから、事件の周囲《まわり》を、ただ歩き廻っているだけのような気がして仕方がないのよ」

「大丈夫だよ」

「え？」

「僕たちは、案外、事件の核心に近づいているのかも知れないということさ」

「よくわからないな。事件は、もう決定してるじゃないの。三田首相誘拐以外に、何があるの？」

「さあね。平松峰夫に会えば、自然にわかって来るかも知れないよ」

としか、左文字はいわなかった。

鎌倉市内に入った時には、暗くなっていた。つけっ放しになっていたカー・ラジオが、いろいろなニュースを伝えてくれた。

副総理の藤城が、正式に、総理代行となり、東南アジア歴訪に出発することになり、各国大使と会談に入った。

警視庁公安部は、新たに、田中一雄を、三田首相誘拐の共犯として逮捕し、八部美津夫を指名手配した。

三田首相の行方は、いぜんとしてわからないということだった。矢部警部の渋い顔が眼に見えるようだった。

平松峰夫が入院している病院には、入口と、病室の前の二ヵ所に、県警の警官が詰めていた。

左文字と史子は、矢部警部に電話口に出て貰い、説明して貰って、やっと、平松峰夫に会うことが出来た。

平松は、片足を包帯でぐるぐるまかれ、天井から吊り下げられていた。それでも、意外に元気で、

「今度は、ハーフと美人の刑事さんの訊問かい？」

と、二人を見上げた。

左文字は、相手の誤解を、別に訂正しようとはせず、

「高田裕介のことを聞きたいんだ」

「ああ、あのカメラ屋か。あいつは弱虫だ。いざとなったら尻尾《しっぽ》を巻いて逃げ出しやがった」

「そして、殺された？」

「ああ。そうさ。だが、殺したのは、おれじゃなくて、ヤクザあがりの竹谷だ。嘘じゃないぜ。おれは、ヘリコプターを操縦しただけさ」

「殺せと命令したのは、リーダーの神崎か？」

「ああ。いや。加藤が最初に殺せといったんだ。あいつは、学生あがりのくせに、やけに冷酷なところがありやがった」

「君たちは、最初七人いた」

「ああ」

「みんな仲良くやってたのかね？」

「そうじゃねえよ。神崎は、自分の女と仲良くしてやがるし、インテリはインテリ同士、くっついていた。おれは、竹谷と妙にウマが合うんで、奴と一緒に飲んだりしてたさ」

「高田裕介は？」

「もちろん、加藤や青木と一緒さ。同じインテリだからね」

「その三人が、どんな話をしていたか、覚えていないかね？」

「さあね。あの三人は、いつも別だったからな。とにかく、難しい話ばかりしてたよ。毛沢東がどうだとか、都市ゲリラがどうとかなんてことをね。おれは、そんなことはどうだっていいのさ。金さえ手に入ればな」

「高田裕介の様子はどうだったんだ？　最初から逃げ腰だったわけじゃないだろう？　それなら、参加する筈がないからな」

「そりゃあ、そうさ。最初は、えらく張り切っていたよ。一番張り切っていたんじゃねえかな。弱虫に限ってそうなのさ」

「それが、急に尻尾を巻いて逃げだしたのか？」

「そうさ。急に逃げ出しやがったんだ」

「何故、急に逃げ出したのかな？」

「ぶるっちまったのさ。他に考えられるかい？　え？」

「ゼロ計画《プラン》のことだがね」

「ああ。煙草持ってないか？」

「あるよ」

左文字は、セブンスターをくわえさせ、火をつけてやった。

「ゼロ計画のことだが、最初から、この名前は決まってたのかね？」

「どうだったっけな」

平松は、煙草の煙を、天井に向って吐き出した。

左文字は、自分も煙草をくわえ、相手が思い出すのを待った。

「それを思い出したら、おれの刑を軽くしてくれるかい？」

平松が、天井を見たままきいた。

「僕にそんな権限はないな。だが、協力してくれたことは、伝えておくよ」

「ええと、ゼロ計画のことだったな」

「そうだ」

「七人が揃ったところで、神崎が、計画の内容を話してくれたのさ。びっくりしたねえ。総理大臣を誘拐しようってんだからさ。しかも、身代金は、二十億でも、三十億でもふんだくれる。そのあとで、神崎が、この計画を暗号で呼びたいから、何かいい名前はないかって、みんなにいったのさ。あとでわかったんだが、神崎は、もう、ゼロ計画と名前をつけていたんだ」

「それで？」

「いろんな名前が出たねえ。Z計画とか、α《アルファ》計画とかさ。結局、その日は決まらないで、次の日に、加藤と青木が、ゼロ計画はどうかっていったのさ。インテリだけに、説明が上手《うま》くてさ」

「どう説明したんだね？」

「ゼロは、スタートを意味しているんだとさ。確かに、ストップ・ウォッチだって、ゼロからスタートだ。それに、ゼロはマルで、金を意味している」

「なるほどね」

「もう一つ、007とか0011とか、ゼロというやつには、何となく冒険の匂いがする。奴は、もっと上手く説明したんだ。神崎は偶然一致したもんだから、一も二もなくそれに決めちまったよ」

「加藤真太郎というのは、どういう男だね？」

「さっきもいった通り、冷酷な奴さ。どうも、あいつは、最初から信用できなかったね。S大出で、全学連くずれだっていってたが、本当かどうか、わからねえな」

「青木卓は？」

「ねずみさ。加藤の腰巾着《こしぎんちゃく》みたいな奴だよ。あいつは、加藤ほどの度胸も、冷酷さもないな」

「この二人が、今、三田首相を連れて、どこかに身をかくしているんだが、行きそうな場所に心当りはないかね？」

「そいつは、さっきも他の刑事さんにきかれたんだが、おれにはわからねえよ。あんまり奴等とは、口をきかなかったからな」

「高田裕介は、カメラを持っていたかね？」

「いや。何にも持ってなかったな」

「やっぱりね」

「やっぱりって、何のことだ？」

「こっちのことさ。加藤真太郎と、青木卓に対する君の感想を聞かせて貰いたいんだ」

「おれの？」

「そうだ。君はなかなか観察眼が鋭いからな」

「それほどでもないがね。もう一本煙草を貰えるかね」

「いいとも。ところで、加藤真太郎だが、冷酷以外に、何か感じたことはないかね？」

「そうだなあ。奴は、女がいたのかも知れねえな」

「何故、そう思うんだ」

「時々、どこかへ電話してたからさ」

「それは、K島へ移ってからもかね？」

「ああ、そうだよ。旅館に罐詰《かんづめ》になってたんだが、奴は、時々、電話してたよ」

「密告の電話だとは思わなかったのかね？」

「一応、旅館の主人に聞いてみたさ。警察じゃないというので安心したんだ。それに、東京で、おれたちは高田裕介を殺している。直接刺したのは竹谷だが、おれたちは共犯みたいなもんだ。だから、その点でも安心してたのさ」

「その他には？」

「奴は、パスポートを持ってたよ。これさえあれば、いつでも外国へ行けるんだと、自慢してやがった」

「パスポートの名前も、加藤真太郎だったかね？」

「おれも、それを確かめてみようと思ってさ。どうも、あいつらは偽名くさかったからな。のぞき込んだら、奴は、あわててポケットにしまっちまいやがった。だが、パスポートに書いてあった名前は、加藤じゃなかったぜ」

「加藤じゃなくて、何だったのかね？」

「そいつを思い出そうとしているんだが、ここに浮んで来やがらないのさ」

平松は、指先で頭を叩いた。

「青木卓の方はどうだね？」

「あいつと、加藤はつきあってんじゃねえかな」

「そんな雰囲気があったのかね？」

「青木が、加藤を見る眼は普通じゃなかったからな。おれも、男ばかりの自衛隊にいたから、あんなやつは知っているんだが、ありゃあ、どう考えても、青木の方が、加藤に対して惚《ほ》れてるな」

「青木もパスポートを持っていたかね？」

「さあね。加藤みたいに見せびらかしはしなかったが、持ってたかも知れねえな」

「君は、活動家の写真を見せられた筈だ」

「ああ。何枚も見せられて、眼が痛くなっちまったよ」

「その中に、二人の写真は無かったんだね？」

「ああ、なかったよ。だから、全学連くずれだといってたが、あの二人は、たいしたことはやってなかったんだ。大物じゃなかったわけよ」

けッ、けッ、けッと、平松は、変に甲高い声で笑った。

首相誘拐という大それた犯罪を犯したという罪の意識は、この男には全くないように見える。それとも、虚勢を張っているのだろうか。

左文字が、史子を促して帰ろうとすると、平松は、顔をねじ向けて、

「約束を守ってくれよ。刑事さん」

「何か約束したかな」

左文字は、とぼけていった。

に向って走った。

5

夜が更けた。その中を、左文字と史子の乗ったミニ・クーパーSは、鎌倉から東京

カー・ラジオが、相変らず、三田首相誘拐事件について喋り続けている。

〈今日、ブラック・タイガーから、新しい声明文が送られて来ました。それを読みあげます。

一、警察当局は、われわれの同志であり、三田首相誘拐の協力者である人々を、次々に逮捕している。この不当な行為を、即刻中止することを要求する。

一、われわれの国外脱出のために、大型ジェット機を用意することを要求する。このジェット機には、十分な燃料と、六百万ドルが積み込まれなければならない。現在逮捕されているわれわれの同志たちは、釈放され、われわれと一緒に、そのジェット機に乗り込ませなければならない。われわれと、同志たちが、それぞれ希望の国に到着したのち、三田首相は、解放されるだろう。

一、政府は、われわれの要求に対して、四十八時間以内に回答しなければならない。
一、神崎勇三、森千津子の両名は、敵に寝返ろうとしたため処刑された。
ブラック・タイガー〉

「やるわね。彼等も」

と、史子が、やや無責任ないい方をした。

左文字は、黙って、アクセルを踏み続けている。

カー・ラジオは、更に、事件関係の報道を続けた。

〈警察当局は、本日、富田健一《とみたけんいち》、田中一雄《たなかかずお》、山本昌子《やまもとまさこ》の三人を、三田首相誘拐事件の共犯者として逮捕し、八部美津夫、岡本敬治《おかもとけいじ》、須藤正巳《すどうまさみ》、百々田兼広《ももたかねひろ》の四人を全国に指名手配しました。

なお、政府は、ブラック・タイガーの要求を検討中です〉

「警察も無駄なことをするものね」

史子が、カー・ラジオのスイッチを切って左文字にいった。

「何故だい？」

「ブラック・タイガーは、逮捕者を釈放して六百万ドルをつけて国外に脱出させろと要求しているわ。さもなければ、三田首相を殺すと言明している以上、政府は、釈放せざるを得ないでしょう」

「果して、そうかな？」

「とにかく、人命第一主義の政府が、三田首相を見殺しにする筈がないじゃないの。犯人たちの要求に屈服するに決まっているわ」

「着いたよ」

「え？」

「僕たちの探偵事務所に着いたよ」

「家へ帰って寝るんじゃなかったの？」

「寝るのは、事務所のソファの上だ。われわれは、ゼロ計画を阻止しなければならないからだ」

「ちょっと待ってよ」

史子は、驚いて、左文字を見つめた。

「何をだい？」

「いいこと、あなた。ゼロ計画は、もう実行されちまっているのよ。今更、阻止はできないわ」

「果して、そうかな」

左文字は、車からおりると、超高層ビルの中に入り、エレベーターに向って歩いて行った。

史子も、そのあとを追って、エレベーターに乗った。

二人を乗せたエレベーターが、最上階の三十六階に向って、昇っていく。

「あなたの考えていることを教えて欲しいわ」

と、史子はいった。

「僕たちは、今日、事件を最初から調べ直してみた」

「ええ」

「そして、僕は、僕たちが根本的な誤りを犯していたんじゃないかと、思い始めたんだよ」

「根本的な誤りですって？」

「そうだよ」と、左文字は、暗い眼で肯いた。

「それも、事件の最初にだ」

「事件の最初といったら、あたしが、高田裕介を助けようとした時のこと？」

「そうだ」

「あなたのいってることがわからないな。あたしは、瀕死《ひんし》の高田裕介から、ダイイング・メッセージを聞いた。ゼロ計画《プラン》を阻止してくれというね。救急車を呼んだけれど、間に合わなかった。それが、事件の発端よ。このどこが間違っているというの？」

「いいかい。僕たちは、高田裕介が、警察に密告しようとして、仲間に殺されたのだと考えた」

「ええ。それがどうしたの？」

「彼はあの時、果して、警察に電話しようとしていたんだろうか？」

第十一章　タイム・リミット

1

二人は、事務所に入った。

明りをつける。寒かったので、史子は、今年になって、初めて、ヒーターのスイッチを入れた。

温かい風が流れてきた。

「どうもよくわからないわ」と、史子は、小さく首を振った。

「高田裕介は、電話ボックスの傍で、仲間に刺殺されたのよ。ゼロ計画《プラン》という三田首相誘拐計画を阻止してくれと、あたしにいい残して。警察に知らせようとしていたに決まっているじゃないの？」

「彼を刺殺した犯人も、そう思っていたろうと思う。しかし、彼が一一〇番するつもりだったという証拠は、どこにもないんだ。警察以外のところへ電話しようとしていたのかも知れないんだ」

「考えられないわ。そんなこと。犯罪、それも、誘拐事件なのよ。それを防いでくれと頼むのは、警察以外にないじゃないの？　それとも、ガードマン会社にでも頼めというつもり？」

「そうはいってないよ」と、左文字は、笑った。

「誰でも、警察に頼む筈だ。それで、君も、僕も、矢部警部も、頭から、高田裕介が警察に密告しようとして殺されたと決めつけてしまったんだ」

「それが間違っていると思うの？」

「そうだ」

と、左文字は断定した。

「納得できるように、説明して欲しいわ」

「いいとも」

左文字は、ソファにどっかりと腰を下し、煙草をくわえた。それに火をつけてから、

「ただ、出来れば、矢部警部にも一緒に聞いて貰いたいと思うね。どうせ、彼にも、あとで説明しなければならないからね」

「電話してみるわ」

史子は、ダイヤルを廻した。

矢部は、まだ、捜査本部にいた。史子の電話に、しばらく考えていたが、「よし。それなら行こう」といった。

矢部が来るまでの間に、史子は、濃いコーヒーをいれた。この分では、当然、徹夜になるだろうと思ったからである。

左文字が、コーヒーに口をつけた時、矢部が、車を飛ばして、事務所に現われた。

矢部は、入って来るなり、

「眠け覚ましに、私もコーヒーを頂こうかな」

と、史子にいった。

「お疲れのようね」

「ああ。疲れているが、休むわけにはいかないんだ。ブラック・タイガーを名乗る犯人たちは、四十八時間というタイム・リミットを通告してきた。それはつまり、われわれ警察が、四十八時間以内に、犯人を逮捕し、三田首相を救出しなければならないことを意味しているんだ。そうしなければ、犯人たちの勝利になってしまうからね」
「あたしのご主人様は、そういう考えが、根本的に間違っていると、おっしゃってい
るわ」
「ほう」と、矢部は、左文字を見た。
「どこが間違っているんだい？」
その質問に答えて、左文字は、今日調べてきたことを、矢部に話した。
「高田裕介の唯一の友人である広瀬というカメラマンは、本名は八部美津夫、警察の
いい方をすれば、テロリストの一人とわかった」
「その男なら、公安が追っているよ」
「知っている。さて、唯一の友人が、テロリストだとなると、高田もまた、テロリス
トだったのではないだろうか？　少なくとも、過激な思想の持主で、八部美津夫と同
じグループに属していたのではあるまいか」
「それが、大事なことなのかね？」
「ああ、大変大事なことなんだ。高田が、過激な思想の持主だったとしてみよう。彼
にとって、三田首相は、憎むべき日本帝国主義、資本主義の代表だ。顔だ。それを誘
拐して、身代金を要求することに、何の後ろめたさも、ためらいも感じなかった筈

だ。大金が手に入れば、それを、自分たちの組織の資金に出来るのだからね」

「しかし、高田は、計画から逃げ出したんだ」

「そうだ。もし、ゼロ計画が、単なる首相誘拐と、身代金要求だったら、高田は逃げ出さなかったと、僕は考えるようになったんだ」

「どうもよくわからんね」

矢部は、首を振り、ブラック・コーヒーを口に運んだ。

左文字は、粘り強く、

「今度の事件を、よく考えてみようじゃないか」

と、いった。

「今度の事件は、神崎勇三、森千津子、平松峰夫、竹谷五郎、加藤真太郎、青木卓、それに高田裕介の七人で出発した。神崎は、自分がK島の診療所長であることを利用して、三田首相誘拐計画を立案した。この神崎と森千津子は、身代金要求しか頭になかったと思われる。ただ、仲間を欺して、二人で、九十パーセントの十八億円を手に入れようとした」

「その通りだ」

「だから、この二人は問題がない。次は、自衛隊あがりの平松と、ヤクザ者の竹谷だが、この二人は、二億円を手に入れてから、うろうろと車で走り廻ったあげく、警察に追われ、一人は射殺され、一人は逮捕された。従って、彼等は、単純に、金だけが目的で参加していたと考えられる」

「そこまでは賛成だ」

「問題は、加藤と青木だ。この二人は、突然、ブラック・タイガーと名乗り、矢継ぎ早に声明文を出し、都内の三ヵ所を爆破した。二人には、仲間がいたとしか考えられない」

「その通りだ。テロリストのいつもの行動さ。一般民衆を巻き込んで、パニック状態に陥れ、警察が無能であることを証明しようとするんだ。あれだけのことをやるには、たった二人ではまず無理だ。茅ケ崎海岸に、車二台が迎えに来ていたらしいことからみても、彼等の仲間がいるとしか考えられないよ」

「ところで、二人が出した声明文を、もう一度、検討し直してみようじゃないか。声明文の文面は覚えているかね?」

「ああ。全部の声明文を覚えているよ。われわれを、翻弄《ほんろう》した憎むべき文書だからな」

「O・K。では、最初の声明文から、検討し直してみようじゃないか。彼等は、初めて、ブラック・タイガーと名乗った。その際、加藤真太郎、青木卓という個人名を伏せている」

「テロリストたちのいつもの手さ。彼等は、絶対に個人名を出さないんだ。責任の所在をあいまいにして、法律上の責任を回避する卑怯なやり方だよ。日本じゃあ、組織の中の責任が、常にあいまいだからね」

「ところが、彼等は、自分たちを、ブラック・タイガーという組織名にしておきながら、警察がマークしていた十二名の名前を、自分たちの同志であり、三田首相誘拐の協力者として発表した。この十二名は、それまで、自分たちを組織名で呼び、矢部警部がいったように、個人名を出して、活動することはなかった。それは、もちろん、組織という名前を隠れ簑《みの》にして、警察の追及を逃がれるためだった。それを、ブラック・タイガーは、破ってしまった。おかげで、警察は、この十二名を、三田首相誘拐の共犯者として逮捕することが可能になったんだ」

「公安は喜んでいたよ。『日本の牙』とか、『キューバの星』といった組織が、何かやらかしては、それを誇示する声明を出す。ところが、個人名ではないから、その組織の幹部を逮捕しても、容疑が実証できない。それで歯ぎしりしていたところへ、ブラック・タイガーの声明文が出たんで、公安の連中は、小躍りしてたね。だから、あの声明文は、ブラック・タイガーの完全な失敗さ」

「そうじゃないね」

「というと？」

「彼等は、意図的にやったのさ」

「何だって？」

矢部が、眼をむいた。

「あの声明文を読み直してみたまえ。十二人の名前を書き、自分たちも、個人名で声明文を書いたのなら、彼等のミスだと考えられる。たんに三田首相誘拐に成功したので、嬉しさのあまり、ミスを犯したと考えられなくもない。だが、自分の方は、ちゃんと、ブラック・タイガーという組織名を書いて、個人名を出していないんだ。これは、明らかに、意図的なものだよ」

「しかしだね――」

「まあ、聞けよ」と、左文字は、矢部を制して、自分の考えを話し続けた。

「彼等が、真に暴力革命をめざす人間で、同志との連帯をうたいあげるのであれば、三田首相誘拐の主導権を握った時点で、まずしなければならないことがあった筈なんだよ。それは、現在、テロ行為で逮捕されている連中の釈放要求だ。ところが、奇妙なことに、ブラック・タイガーは、いくつかの声明文の中で、一言も、それに触れていないんだ。すでに逮捕された者には、全く興味がないみたいにね。これは、全く奇妙なことだよ」

「ちょっと待って。あたしにも、一言いわせてくれない？」

今まで黙っていた史子が、二人の間に口をはさんだ。

「いいとも。君の意見を聞かせてくれ」

と、左文字は、ソファにゆったりと構え、史子を見た。

「確かに、あなたのいう通り、ブラック・タイガーの出した声明文のおかげで、十二人のいわゆる活動家の中、八人が逮捕され、四人が指名手配されたわ。もし、加藤真太郎と青木卓の二人が、あなたのいう通り、最初から、十二人を罠《わな》にかける気で、あの声明文を書いたのだとしたら、この段階で、目的を達したのだから、あとは、何もしない筈じゃないかしら。ところが、彼等は、最後の声明文の中で、逮捕された八人を即刻釈放しろ、さもなければ、三田首相を処刑すると、政府を脅してるわ。これで、結局、首相の生命を犠牲にできないから、政府は、屈服して、逮捕した八人を釈放すると思うわね。そうなると、ブラック・タイガーの連中は、あなたが疑惑を感じてるようなスパイじゃないんじゃないの？」

「最後の声明文には、確かに、釈放要求がある。だがね。あの釈放要求は、逃亡用の飛行機を用意し、それに六百万ドルと一緒に乗せろという次の要求につながっているんだ」

「用意周到な要求じゃないの。どこがおかしいの?」

「これも、巧妙に仕組まれた罠だよ」

「罠ですって? 三田首相の生命と引きかえに、八人の釈放と六百万ドルを要求するのが、どうして罠なの?」

「単なる釈放なら罠じゃないといえるだろう。だがね。その釈放は、用意されたジェット機に乗り、国外逃亡しなければならないという条件つきなんだ。いいかね。警察は、逮捕した八人の一人一人について、意志を確認するだろう。それが、こんな時の一つの儀式みたいなものだからね」

　左文字が、ちらりと矢部を見ると、矢部は黙って苦笑している。

「その時、八人は、何と答えたらいいんだ?」と、左文字は、史子を見てから、彼女が何かいう前に、左文字自身が、その答えを出していった。

「八人がイエスといったら、どうなるだろう。彼等は、釈放され、用意されたジェット機で、国外へ脱出できるかも知れない。だがね。そうしたら、八人は、三田首相誘拐の共犯であることを認めたことになってしまうんだ。彼等にしてみたら、そんな馬鹿なことはない筈だ。八人も、指名手配された四人も、三田首相の誘拐には、全く関係していないと、僕は思っている。彼等にしてみれば、完全に引っかけられたのだ。それなのに、自分の方から、無実の罪を認めることなんて出来る筈がない。彼等にしてみたら、裁判になってもいい。自分の無実を証明したいだろう。だから、彼等は、ノーという筈だ。ブラック・タイガーにしてみたら、八人が拒否するのを見越しての提案だったんだ。拒否すれば、警察は、彼等を釈放せずにすむ」

「君のいう通りかも知れないな」と、矢部が肯いた。

「八人は釈放を拒否せざるを得まいね。君のいう通り、承諾すれば、首相誘拐に力を貸したことを認めたことになってしまうからだし、それに、八人から見れば、ブラック・タイガーという組織は、信用が置けないんだ。自分たちの個人名をあげた声明文を出して、警察に逮捕させた連中だからね。そんな信用の置けない連中と、行動を共にするわけにはいかない。だから、いずれにしろ、八人は、釈放を拒否するに決まっている」

「納得したかい？　奥さん」

と、左文字は、史子を見た。

「したわ。すると、ブラック・タイガーは、過激派というのか、テロリストというのか、そういう連中を、一掃するために、三田首相誘拐を利用したわけね」

「彼等の狙いは、それだけじゃないよ」

「え？」

「他に何があるというんだ？」

矢部警部も、意外な顔をして、左文字を見た。

「二つあるよ」と、左文字はいった。

「彼等が、三田首相を誘拐して、身代金を要求しただけのことなら、或いは、喝采《かっさい》した人々もいるかも知れない。ところが、ブラック・タイガーは、市街を戦場化するのだと称して、三ヵ所で爆破事件を起こした。これは、連続した作戦として見た場合、馬鹿げた作戦だよ。敵に与える打撃は小さく、大衆の反感を買うことのみ大きいからだ。だから、これも、ブラック・タイガーの狙いの一つだったといえるだろう」

「テロリストへの市民の反感をかきたてることが？」

と、史子が確認するようにきく。

「そうだ。それが、左翼全体への市民の反感が高まってくるのを、狙ってやったことだと思うね。彼等の罠にかかって逮捕された八人や、指名手配された四人に対して、すでに、市民たちは、警察に拍手を送っているからね。よくやったということでだ」

「もう一つの狙いは？」

「首相の交代さ。現在の三田首相は、人気がない。派閥のバランスをとるために、担ぎ出された首相だけに、党内の地位も不安定だ。しかし、僕が、彼の長所と見ているのは、比較的穏健な思想の持主で、極端な政策をとらないということだ。彼自身、オールドリベラリストを自任しているが、そんなところがある。何もやらないという批判もあるが、僕は、それも、一つの政策だと思っているんだ。ところが、その三田首相が誘拐されてしまった。しかも、誘拐犯は、金目当ての内科医師から、左翼テロリストに代った。となると、党内では、左翼に対して強圧的な態度に出るような首相が期待されることになる。事実、臨時党大会での発言は、強い政府、強い首相と、やたらに強さを求める声にあふれていたし、一種の赤狩り旋風に近いものが、会場に吹き荒れたとも聞いている」

「しかし、三田首相が助け出されたら、元へ戻るんじゃないの？」

史子がきいた。左文字は首を横に振った。

「元には戻らないね。たとえ、三田首相が助け出されたとしても、党内の空気は変らないだろうね。それに、今、三田首相より強硬派で右よりと見られる藤城が、首相代理になり、東南アジア歴訪に出発する。彼が、それによって外交的実績を作ってしまうと、三田首相が戻ってきても、三田首相の立場は、微妙なものになってしまうだろうね」

「藤城首相代理を東南ア歴訪に出発させるために、わざと、ブラック・タイガーは、四十八時間という長いタイム・リミットをつけたと思うのかね？」

矢部警部が、じっと、左文字を見た。

「その通りだよ。こんな事件では、犯人は、なるべくタイム・リミットを短くしようとするものだ。長くすればするほど、危険が大きいからね。それなのに、今度に限って、犯人の方から四十八時間という異例に長いタイム・リミットを提示してきた。すでに、六百万ドルのドル紙幣は、一度用意されたのだから、このタイム・リミットは、いかにも長過ぎる。明らかに、藤城首相代理が、東南ア歴訪に出発するまで、三田首相を釈放しまいとしているとしか考えられない」

「君によると、大きな陰謀が企《たくら》まれたということになるんだが――」

「その通りさ。三田首相誘拐は、もともと、神崎勇三が計画したものだった。その段階では、目的は金だった。だが、ある組織に属する加藤真太郎と青木卓をメンバーに加えたとたんに、様相が変ってしまったんだ。三田首相誘拐をチャンスに、過激派、テロリストを一掃しようという計画が立てられたんだ。その組織なり、命令者なりは、多分、強力な政府を作るという信念を持っているんだろう。ゼロ計画《プラン》という名前は、神崎にとって、マネーを意味していたろうが、加藤と青木、或いは、二人を動かしている組織なり命令者なりにとって、多分、過激派、テロリストの一掃、つまりゼロにしてしまうことを意味していたんじゃないかな」

「高田裕介は、それに気付いたというわけね？」

と、史子。

「彼は、最初、自分の属する組織の軍資金を手に入れるためと、自分たちの攻撃目標である日本の首相を誘拐することに興味を持って計画に参加したんだと思う。参加するに際して、身辺の整理をし、カメラなどを売り払っているが、その金は、組織に献金したんだろう。友人であり、同志である八部美津夫を通じてね。計画に参加してから、高田は、自分と同じ思想の持主と思って、加藤、青木の二人に近づいた。ところが、彼等が、全く自分たちの敵であり、恐るべき陰謀が計画されているのに気がついたんだ。一刻も早く知らせなければ、自分たちの組織も、志を同じくする同志も、根こそぎ逮捕されてしまう。だから、危険を冒して連絡しようとした。だから、彼が電話しようとした相手は、警察じゃなくて、彼の仲間だったんだ」

「これから、どうなると思う」

「僕が、今、一番恐れているのは、三田首相が殺されてしまうことだよ」

2

矢部が、怖い眼で左文字を見た。

「君は、三田首相が、殺されると思っているのか？」

「思っている」

「何故だ？」

「ブラック・タイガーというのは、多分、自分たちを左翼の過激派らしく見せるために名乗ったのだろうが、彼等の目的は、今もいったように、過激派、テロリストの一掃だが、更に、日本におけるマッカーシズムを引き起こし、右翼的な、いわゆる強力な政府を作るのが、次の目標かも知れない。そうだとすれば、一番効果的なのは、左翼のテロリストによって、三田首相が殺されたというショック状態を作ることだ。政府が、全力を尽くして犯人たちとの交渉に努めたにも拘わらず、犯人は、無慈悲にも、首相を殺してしまったとすれば、過激派、テロリストへの非難の声が高まるばかりでなく、左翼全体への非難も高まり、強圧的な態度を政府がとっても、それを是認するような空気が生れてくるかも知れないからね」

「君は、テロリストに同情するのかね？」と矢部は、堅い表情で、左文字を見つめた。

「彼等のしたことを弁護するのかね？　君の立場は、いったいどこにあるんだ？」

「僕の思想的立場が知りたいというわけだね？」

左文字は、微笑しながら、きき返した。

「君は、いくつかの事件で、われわれ警察に協力してくれた。テロリストから見れば、警察は、権力機構の最たるものだろう。その警察に協力した君が、今度は、テロリストたちに同情している。どういうことなのかね？」

「僕の信条は、すこぶる簡単だよ。戦う場合は、フェア・プレイで戦うということだ。たとえ、相手が卑劣な手段をとろうともだ。また、嫌いな人間でも、彼が痛めつけられている時には、それを助けるのに全力を尽くす。それが、僕の信条だ。甘いといわれるかも知れないが、この信条を変える気はないね。それから、アメリカで、僕は、ジョン・F・ケネディが立候補したとき応援した。政治的立場は、民主党のリベラル派といったところかな」

「テロリストを憎くはないのかね？　私の友人は、彼等のために右足を吹き飛ばされているんだ。私は、絶対に彼等を許せないね」

「僕は、テロも、テロリストも嫌いだ。ケネディが殺されてから、特に嫌いになっている。だがね。彼等が無実の罪を着せられていたら、全力を尽くして、助けてやらなければならないと、僕は考えているんだ。本当の自由というのは、自分の敵の自由を守ることから始まるんだ」

「そんな高尚な理屈は、私にはわからんし、興味もない」と、矢部は、不機嫌な顔でいった。

「テロリストの人権も認めろといわれたって私は断わる。その点では、君とも意見が合わん。だが、三田首相を助け出さなければならないという点では、私は、君に同意する」

「それでいいのさ」

と、左文字はいった。

左文字は、改めて、矢部という警部が好きになった。嫌いなことは嫌いだといい、出来ないことは出来ないといってくれる方が、こちらも協力がしやすいからだ。

「でも、どうやって、三田首相を助け出す積りなの？」

と、史子は、ソファに座ったまま窓際に並んで立っている左文字と矢部を見た。

「警察が、必死になって探しても見つからないんでしょう？」

「残念ながら、まだ、手掛りさえつかめていませんよ」と、矢部は、史子に向って、肩をすくめて見せた。

「彼等二人だけで、首相を監禁しているのなら、すでに、われわれが見つけ出している筈です。従って、ある組織が、監禁しているとしか思えないんですが、その組織がどんなものなのかわからないのでね」

「あなたは、相手がどんな組織か見当がつく？」

「僕にもわからないね」と、左文字は、あっさりといった。

「日本の社会に詳しい矢部警部に見つからないのに、アメリカ育ちの僕が、その組織を見つけられる筈がないじゃないか」

「じゃあ、どうすればいいの？　もたついていたら、三田首相は、殺されてしまうんでしょう？」

「このままでいけば、僕たちは、三田首相の死体に面会することになるだろうね」

「君は、本気でそう思っているのか？」

矢部が、怒ったような声で、左文字にきいた。

「思っている。彼等は、目的のためにはそのくらいのことは平気でやる連中だよ」

「いつ、殺すと思うんだ?」

「いつ殺しても、構わないわけだが、彼等はあくまでも、左翼過激派、テロリストに見せかけて行動し続けるだろうから、そうだとすると、彼等が、三田首相を殺すのは、儀式が終ってからになる」

「儀式だって?」

「さっきもいった通り、警察が、八人の逮捕者の意志を確かめ、全員、拒否する。その儀式のことさ。四十八時間後に、そのことが発表されるだろう。ブラック・タイガーは、多分それを、政府の嘘とか、怠慢だといって非難し、その報復として、三田首相を処刑すると宣告するという段取りにする。これが、彼等の考えている予定表だと、僕は思っているんだ」

「すると、あと四十八時間は安全というわけだな」

「多分ね」

「しかし、正直にいって、その間に、三田首相を見つけ出せる自信はないな」と、矢部はこの男には珍しく、弱気なことをいった。

「部下の刑事は、歩き廻って、疲れ切っている。それなのに、どこへかくれやがったか、その尻尾さえ摑《つか》めないでいるんだからな」

「それだけ、相手が巨大な組織だということだろう。だが、有難いことに今のところ、向うは影の組織で、表だって動けない筈だ」

「どうすればいい？」

矢部は、じっと、左文字を見つめた。

「逮捕された八人の意志を確認するのは誰なんだ？」

「多分、私と本多課長が確認して、刑事部長を通じ、法務大臣に報告することになるだろうね」

「嘘の報告書を出せるかね？」

「八人とも、拒否したのに、承諾した者がいると報告するのか？」

蒼ざめた顔で、矢部がきいた。

「まあ、そうだ」

「私は、確実に馘《くび》だな」

「しかし、三田首相を助けるチャンスは生れてくるよ」

「その可能性は？」

「冷静に見て、フィフティ・フィフティだろうね。八人の中から、承諾者が出たということで、ブラック・タイガーは、あわてる筈だ。声明を出した手前、それらしく行動しなければならなくなる」

「どんな風にだ」

「八人も国外に逃亡させなければならなくなるということだよ。承諾者が出たのに、何もしなければ、ブラック・タイガーの正体がばれてしまう。彼等の味方でも、同志でもないことがわかってしまうからだ」

「それで？」

「羽田に、ジェット機を用意して、彼等がどう出るか待つのさ」

「どう出ると思う？」

「さあね。だが、彼等は、行動を起こさなければならないんだ。当然、接触をとってくる。それも、今までのようなマス・メディアを通じての接触じゃない。その際、三田首相の生存を確認できる」

「しかし、彼等と交渉するのは、私の役目じゃない。多分、中井秘書官の役目になるだろう」

「だが、彼等の出方を見守っていて、逮捕するチャンスは出てくるかも知れない」

「もし、彼等が、ジェット機に、三田首相と六百万ドルを乗せて、外国へ逃亡してしまったらどうするんだ？」

「その時でも、三田首相は助かるよ。世界注視の中で、首相を殺すわけにはいかないからね。そんなことをすれば、国外逃亡が出来なくなるからだ。どんな国だって、日本の首相を、しかも、意味もなく殺した犯人を受け入れまいからね」

「羽田でジェット機が用意されたって、どうなるかわからないというのは、不安だな」

「不安でも、やらなければ、彼等は、首相を殺すぞ」

「――――」

矢部は、腕を組み、黙って、窓の外に拡がる夜の闇を見つめた。

左文字と史子も、黙って、コーヒーを口に運んだ。

しばらくして、矢部が呟いた。

「とにかくやってみよう」

第十二章　終局

1

十月二十日、午後二時。

首相代行の藤城が、随員と共に、厳戒の羽田空港から、東南アジア歴訪に出発した。

羽田空港に通じる道路には、五ヵ所の検問所が設けられ、藤城たちの乗った日航専用機が出発する前後三十分にわたり、他の飛行機の離着陸を中止するという異常な警戒ぶりだった。

専用機が、秋空に消えたとたん、空港全体に、ほっとした空気が流れたのも、当然だったろう。

中継していたテレビ局のアナウンサーが、

「とにかく、無事に飛び去りました」

と、思わずいったくらいである。

四十八時間のタイム・リミットが終った十月二十一日の朝のテレビは、一斉に、ブラック・タイガーに対する政府の回答を発表した。

〈一、逮捕された八名の中、次の三名が、ブラック・タイガーと共に、国外脱出することを承諾した。

村尾明広（二七歳）

中野直人（二五歳）

浜田美千子（二五歳）
一、脱出用として、日航のDC８一機が用意される。
一、三田首相の無事が確認された場合にのみ、前記三名と、六百万ドルが、機内に運ばれる〉
「いよいよ、始まるわね」

テレビの画面を見ながら、史子が、興奮した口調でいった。

テレビのブラウン管には、日航のマークをつけたＤＣ８の細長い機体が映し出された。これが、犯人の国外脱出用の飛行機だと、アナウンサーが説明している。

左文字は、テレビから眼を離し、じっと、窓の外に眼をやった。曇り空から、小雨が降り始めていた。

「ブラック・タイガーが、どう出てくると思う？」

史子が、左文字の背中に向って問いかけた。

「それを、今、考えているんだ。彼等が、もっとも望んでいる結末は、三田首相を殺害して、市民の間に、左翼勢力に対する憎悪をかきたてることだ。だから、新しい事態になっても、三田首相殺害に持って行こうとするだろう」

「でも、彼等が、飛行機に乗り込んでしまったら、あたしたちには、どうすることも出来ないわ」

「その通りだ。問題は、どうやって、空港のＤＣ８に乗り込むかだ。その途中なら、僕たちで押さえられる」

「車で、正々堂々と乗りつけるんじゃないかしら？　車内で、三田首相に拳銃が突きつけられていたら、警察も、手出しは出来ないでしょう？」

「だが、渋滞にでも巻き込まれでもしたら、何が起こるかわからんからね。僕が犯人だったらそんな危険な方法はとらないね」

「じゃあ、どうやって、犯人たちは、羽田に乗り込むと思うの？」

「羽田に入る道は、三つある。海と空と陸だ。陸は車だが、今の理由で、僕は車はとらない。一番、警察に押さえられやすくもあるからだ。海は船だが、これも無理だな。空港へ海からは、入れないだろう。となると、残るのは空だ」

「ヘリコプター？」

「そう。ヘリコプターだ。彼等は、今度の事件のしょっぱなに、ヘリコプターで成功しているから、新しい事態に対しても、すぐ、ヘリコプターを考えるだろうからね。それに、ヘリなら、途中で警察に押さえられる心配もない。ＤＣ８の横に着陸できる」

「また、救急ヘリコプターを利用するかしら？」

「それはどうかな。彼等は、どこへヘリコプターをよこせという命令は出さないと思うね。そんなことをしたら、たちまち、その場所が警察に包囲されてしまうからだ」

「じゃあ、どうすると思うの？」

「多分、ヘリコプターを乗っ取るんじゃないかな」

「ヘリジャック？」

「ああ。そうなれば、人質が、三田首相と操縦士の二人になるからね」

左文字が、そういった時、矢部警部から電話が掛かった。

2

「テレビは、見たかい？」

と、矢部は、電話に出た左文字にいった。

「ああ、見たよ」

「それで、三田首相が助け出されなければ、私は、間違いなく馘《くび》だよ」

矢部は、電話の向うで、悲痛な声を出した。

「警察は、彼等を飛び立たせる気はないんだろう？」

「絶対に、空港で解決する積りだよ。飛び立たせてしまったら、それで終りだからね。問題のDC8に乗り込む乗員も、正、副操縦士も、航空機関士も、全部、警察官だ。私は、その航空機関士に化けることになっている。ただ、相手が二人だけなら、何とか制圧できるが、四人、五人となると、難しくなってくる」

「大丈夫だよ。犯人は、加藤真太郎、青木卓の二人だけで現われるよ」

「いやに自信ありげにいうね」

「彼等は、自分たちの組織が、あきらかになるのを最も嫌う筈だ。だから、一応、日本中に知られてしまった加藤、青木の二人を使う筈だよ」

「なるほどな。それでいくらか安心したよ」

「犯人からの連絡は、まだないのか？」

「中井秘書官の方にくると思うんだが、犯人からの連絡が入り次第、こちらに知らせてくれることになっているよ」

「犯人が、例の三人を連れて来いといったらどうするんだ？」

「その前に片を付けるさ」

矢部が、断固とした調子でいった。

犯人二人が、三田首相を連れて、DC8に乗り込んできたところで、押さえつけてしまうという意味だろう。

鹹を覚悟で、嘘の報告をした矢部は、死ぬ気でいるのかも知れない。

「君は射撃が上手だったかな？」

と、左文字がきくと、

「まあ、自信はある。日航職員に変装してDC8に乗り込む他の連中も、射撃の名手で、柔剣道の達人ばかりだ。十メートル以内なら一発で射殺できる腕の持主ばかりだよ」

「向うも拳銃を持っているのを忘れるなよ」

「わかっている」

矢部は、短く肯《うなず》いた。やっぱり、死ぬ覚悟でいるらしいと、左文字が思ったとき、矢部は、「ちょっと待ってくれ」と、いった。

二、三分して、矢部の声が、電話口に戻って来た。

「今、中井秘書官から電話が入ったよ」

「彼等が、連絡してきたのか？」

「そうだ」

「何といって来たんだ？」

「午後三時前後に、車で、空港に入るといってきた。黒塗りのニッサン・プレジデント七六年型、ナンバーも通知してきたよ」

「それに、三田首相が乗っているというのか？」

「そうだ。ただし、車には爆薬が仕掛けてあるから、近寄ったり、制止したりするなと警告して来た」

「おかしいな」

「どこがだ？」

「僕は、犯人が車で羽田に現われるとは思っていなかったんだ」

「それは、君の考えだろう。しかし、犯人は、車で来るといい、車種とナンバーまで通知して来たんだ。一応、それを信じるより仕方がないだろう」

「東京陸運局に、そのナンバーの車を照会してみた方がいいな」

「無駄だよ」

「何故だ？」

「持主がわかったとしても、犯人たちが、盗み出したのかも知れないからだ。それに時間がない。私は、もう羽田へ行かなければならないんだ」

「その車が現われたらどうする気だ？」

「監視して、チャンスがあれば、犯人たちがＤＣ８に乗り込む前に取り押さえる積りだ」

「しかし、僕は――」

「時間だ。私は羽田へ行く」

それだけいって、矢部は、電話を切った。

左文字は、考え込みながら、受話器を置いた。

「犯人は、車で、羽田に来るんですって？」

と、史子が、左文字を見た。

「そういったらしい。三時に黒塗りのニッサン・プレジデント七六年型で、ナンバーもいってきた」

「あなたは、それでも、犯人はヘリコプターを使うと思うの？」

「余計に、ヘリコプターだと思うようになったね。一癖も二癖もある犯人が、わざわざ、警察に通知してくるのがおかしいんだ。僕が犯人だったら、いきなり羽田に乗り込んでから命令するね」

「じゃあ、どうする積り？」

「この近くで、ヘリコプターの発着場というと、どこがあるかな？」

「沢山あるわ。事件の起きた国立中央病院の屋上にもヘリポートがあるし、夢の島には、消防庁救急隊のヘリポートがあるわ」

「今度は、そうした公的なヘリポートも、ヘリコプターも使わないと思うね。あの事件以来、警戒が厳重になっている筈だからね。使うとすれば、民間のヘリコプターだろう」

「とすれば、まず考えられるのは、調布の飛行場ね」

「よし、そこへ行ってみよう」

「時間は？」

「わからないね。犯人が通知してきた午後三時が正確なら、まだ間に合うだろう」

左文字と、史子は、顔を見合わせてから、事務所を飛び出した。

3

午後二時十分。

羽田空港に通じる道路には、全て覆面パトカーが配置された。

羽田空港行の高速一号線の新橋ランプ近くで、問題のニッサン・プレジデントが、羽田方向へ向うのが発見された。

発見した覆面パトカーは、直ちに、尾行を開始した。

「警視——号から本部へ。問題の車は、高速一号線を羽田に向っている。乗っているのは、運転手を含めて三人だが、リア・シートの方は、カーテンがおりているので、果して、三田首相が乗っているかどうか、確認できない」

「本部から警視——号へ。引き続き尾行を続けると共に、出来るだけ近寄って、三田首相が乗っているかどうか、確認しろ」

羽田にいる矢部警部たちのところにも、その連絡は入っていた。

矢部は、すでに、日航から借りた航空機関士の制服を着ている。同じように、ベテランの刑事たちが、パイロットの制服に着かえていた。

「問題の車は、鈴ケ森近くで、渋滞に巻き込まれたようです」

と、部下の刑事が、矢部に報告した。

「どの程度の渋滞だ？」

「たいしたものじゃないようです。予想では、あと、三十分で、空港に到着する模様です」

「よし。その車が空港に着いたら、君たちの一人が、空港職員に化けて、乗っている人間を確認しろ」

「わかりました」

「われわれも、そろそろ、飛行機に乗り込もうじゃないか」

と、矢部は、パイロット姿の二人の刑事を促した。

三人は、鞄を下げ、並んで、十五番スポットに駐機しているDC8に向って歩き出した。

鞄には、チャートが入っているが、二重底に作りかえた底には、拳銃がかくしてあった。拳銃を身につけなかったのは、犯人たちが、用心深く、身体検査をしてきたときのためだった。

DC8には、給油作業が行われていた。作業服姿の空港職員が忙しく立ち働いている。

三人は、タラップをあがって、操縦室に入った。

正操縦士になった五十三歳の佐伯《さいき》刑事は、七十五キロの身体を、どっかりと、操縦席に座らせた。

「君は、操縦できるのかね？」

と、矢部がきくと、佐伯は、眼の前に並ぶ計器類を眺め廻しながら、

「戦争中、零戦《ゼロせん》を操縦したことがありますが、この飛行機に比べたら、オモチャみたいなものですね」

と、笑った。

矢部は、無線機を取り出し、三角窓からアンテナを突き出した。

「矢部だ。例の車は、まだ着かないか？」

「まだです」と、答えが、はね返ってきた。

「あと、五、六分で、空港に入るそうです」

「三田首相を確認したら、すぐ知らせろ」

矢部は、無線機を横に置いた。緊張で、掌にじっとりと汗が浮んでいる。

数分後。

問題のニッサン・プレジデントが、空港玄関に滑り込んできた。

空港職員のユニフォームを着た五十嵐《いがらし》刑事が、その車に近寄っていった。拳銃は持っていない。持っていては、かえって、三田首相が危険になるかも知れないからだった。首相の救出は、矢部警部たちに委せればいい。

「駐車は、もう少し前方にお願いしたいんですが」

と、五十嵐は、いいながら、車の中をのぞき込んだ。次の瞬間、

（違う！）

と、思った。

リア・シートにいるのは、恰幅のいい六十歳前後の男と、三十五、六歳のエリート社員然とした男だったが、三田首相ではなかった。

その時、ばらばらと、数人の男が、駆け寄って来た。いずれも、きちんと背広を着た男たちだった。その中の一人が、ドアを開け、老人に頭を下げた。

「社長。あと一時間で、ロンドン行の便が出発します」

「この人は？」

と、五十嵐刑事がきくと、一人が、じろりと睨んで、

「N工業の小沢《おざわ》社長だ」

と、叱りつけるような声でいった。

(欺されたのだ)

五十嵐刑事は、仲間たちのいる所へ向って駆け出した。

4

調布飛行場には、のんびりした空気が漂っていた。

飛行場の隅では、芝生の上に黒板を立て、飛行学校の教官が、十二人ばかりの生徒に、フライトのレッスンをしていた。生徒の中には、会社員っぽい若い娘も混じっている。

ヘリコプターは、五機、並んでいた。

二つの会社が、客の注文に従って、飛ばせるのである。遊覧、運搬、或いは、薬剤撒布《さんぷ》の仕事もある。

ミニ・クーパーSを降りた左文字と史子は、まず、片方の事務所に入っていった。

「この時間にフライトの予定のヘリコプターはあるかな？」

と、左文字がきくと、足を投げ出して週刊誌を読んでいた男が、

「不景気でね」

と、いった。

「あなたたちは、乗る積りなのかい？」

「いや。ちょっと探し物をしているんだ」

二人は、その事務所を出て、もう片方の航空会社の事務所に足を運んだ。

こちらは、若い女が、机に向ってボールペンを動かしていた。

「フライト予定のヘリコプターがあったら、教えてくれないか？」

と、左文字が声をかけた。

「あなたは？」

と、女事務員が、きき返す。その時、史子が、左文字の脇腹を突ついて、窓の外を

指さした。

一番端の大型ヘリの前で、四人の人間が、話をしている。一人は、パイロットだった。

あとの三人の中《うち》、二人はサングラスをかけ、もう一人は、野球帽を目深《まぶか》にかぶった少年のように見える。

「行ってみよう」

と、左文字は、史子を促した。

四人は、ヘリに乗り込もうとしている。左文字と史子は、駆け出した。

「待ってくれ！」

と、左文字が叫んだ。

サングラスの男二人が、ぎょっとしたように振り向いた。

とたんに、背の高い方が、拳銃を取り出して、左文字たちに向けてきた。

「誰だ！」

と、怒鳴った。

左文字は、笑いながら、両手をあげた。

「やっぱりね。君たちは、これから羽田へ行くんだろう？」

「羽田だって?」

操縦席にいたパイロットが、戸惑った顔を振り向けた。小柄なサングラスの男が、パイロットの背中に、拳銃を押しつけた。

「羽田へ行くんだ」

「乗るんだ!」

と、背の高い男が、左文字と史子に命令した。

全員が、ヘリコプターに乗り込んだ。

ローターが、ゆっくりと回転しはじめた。

野球帽をかぶっていた少年が、帽子をとると、そこに現われたのは、老人の顔だった。少年の恰好をさせてあったのだ。

「三田首相ですね?」

と、左文字が聞いた。

老人は、疲れ切った顔で、青い眼の左文字を、不思議そうに見た。

「君は誰かね?」

「アメリカ大使館の者です」

と、左文字はいった。

「アメリカ大使館の人間だって？」

背の高い方が、びっくりした顔で、左文字を見た。もし、この犯人たちが、左文字の考えるように左翼テロリストと反対側の人間だったら、アメリカ大使館員の取扱いには困る筈だ。

「大使館のジム・スチュアートだ」

と、左文字はいってから、早口の英語で、大使の命令で、日本の警察に協力して、三田首相を探しているのだと、まくしたてた。

「そちらの女は？」

と、一人が、史子を指差した。

「私の秘書をしてくれているミス・フジワラだ」

と、左文字は、当惑した顔で、史子の旧姓をいった。

犯人二人は、小声で話し合っている。

その間にも、ヘリコプターは、離陸し、上昇を始めていた。

みるみる、飛行場が小さくなっていく。

ヘリの操縦士に、羽田管制塔を呼び出させると、加藤真太郎が、拳銃を片手に、マイクを奪い取った。

「こちらは、ブラック・タイガーだ。三田首相と、アメリカ大使館員を、人質にとっている。脱出用のDC8の傍に着陸するから妨害するな」

「本当に、三田首相が乗っているのか？」

「今、首相の声を聞かせる」

加藤は、三田首相に、マイクを突きつけた。

「私だ」と、首相は、独特の声でいった。

「三田だ。危険な行為は、避けてくれ」

「了解」

と、管制塔が応じた。

5

空港が見えてきた。

十五番スポットのDC8の周囲から、整備車や、燃料トラックが、クモの子を散らすように走り去って行き、大きな空間が出来た。

ヘリコプターは、その空間に、慎重に着陸した。

ローターの回転が止まった。が、加藤は、ヘリのドアを開けずに、マイクで、管制塔を呼び出した。

「DC8には、誰か乗っているのか？」

「君たちを国外に運ぶため、正、副操縦士と機関士が乗り込んでいる」

「すぐ機外に出るように伝えるんだ」

「そんなことをしたら、操縦する者がいなくなってしまうぞ」

「いいから、外へ出ろと伝えるんだ。機外へ出たら、まっすぐ、空港ターミナルへ歩いて行くように伝えろ。もし、この命令が実行されなかったら、三田首相を射殺する。十分以内に実行しろ！」

加藤は、マイクに向って怒鳴った。
二、三分して、鞄を下げた三人の男が、ドアから顔を出し、タラップをおりて来た。
左文字は、その中に、航空機関士に変装した矢部警部を見つけた。

矢部は、口惜しそうに、唇をかんでいる。

三人の姿が消えてしまうと、加藤は、青木に向って、

「機体を偵察して来い」

と、命令した。

「人間がかくれていたら、容赦なく射殺しろ」

「わかった」

小柄な青木は、命令されるのが嬉しそうに、ヘリコプターから出ると、拳銃を片手に、タラップを駆け上って行った。

青木は、すぐ戻って来た。

「O・K」

と、彼は、得意そうにいった。

加藤は、じろりと、三田首相を見、左文字たちを見た。

「よし。ヘリをおりて、向うのジェット機に乗り込むんだ」

「ヘリのパイロットはどうする？」

と、青木が、きいた。

「そいつは、放っておけ。人質としての価値がない」

加藤の言葉で、青白いパイロットの顔に赤味がさした。

三田首相、左文字、史子の三人が、ひとかたまりになって、先にタラップをあがり、その後から、拳銃を構えた加藤と青木が続いた。

「これから、どうなるの？」

と、小声で、史子がきいた。

「大丈夫だ。何とかなる」

左文字は、勇気づけるようにいった。

機内に入ると、前部の客席に、三人は座らされた。

三人のうしろに、拳銃を構えた青木が立っている。

加藤は、操縦室に入って、マイクを取り上げた。

「管制塔。こちらは、ブラック・タイガーだ」

「こちらは管制塔だ」

「いいか。今からいうパイロットと航空機関士を、こちらに寄越すんだ」

加藤は、メモを取り出した。それには、写真が三枚貼りつけてあった。

「山本和夫《やまもとかずお》、下平健一郎《しもひらけんいちろう》の二人のパイロットと、影山伸彦《かげやまのぶひこ》航空機関士だ」

「その三人は、今、フライトしている」

「嘘をつくな。五時十分発のバンコク行の便に搭乗するため、すでに待機している筈だ。この三人が来なければ、三田首相を処刑するぞ」

「わかった。三人にすぐ伝えよう」

「われわれは、三人の顔を知っている。警官が変装しても無駄だということも伝えておけ、次の指令は、この三人が搭乗してから伝える」

操縦室のドアが開けてあるので、加藤と、管制塔の応答は、よく聞こえた。

(なかなか、やるものだな)

と、左文字は思った。用心深い連中なのだ。

加藤は、得意気な顔で、操縦室から出て来た。

左文字は、考えていた。

この二人の背後には、大きな力を持った組織が控えている。

その謎の組織は、三人を飛行機に乗せてから、どうする気でいるのだろう？

国外脱出を承諾したことになっている三人を乗せ、このまま、飛び立たせようと考えているのだろうか？

だが、空港には警察が張り込み、容易には、離陸させまい。上手《うま》く出発できたとしても、本物の左翼テロリストではないのだから、海外の組織とは、連絡がとれる筈がない。

この二人は、左翼テロリストと思わせて、行動した。謎の組織は、そう思わせたままにしておきたい筈だ。しかし、彼等が逮捕され、調べられたら、真相が暴露される恐れがある。

組織が、何よりも恐れているのは、そのことだろう。

（とすると――？）

左文字が、組織のリーダーだったら、この二人を、三田首相もろとも消してしまうだろう。それが、もっとも効果があり、もっとも安全な方法だからだ。

（しかし、どうやって、消すのか？）

この空港のどこかに、狙撃者がいるのだろうか？　そうだとしたら、左文字たちが、タラップをのぼるところを狙撃していただろう。

左文字は、眼を閉じた。

ヘリコプターから見た空港の景色が、脳裏に浮んだ。

DC8の機体の周囲《まわり》から、整備車や、燃料トラックが、あわてて離れて行った。

あの整備員たちの中に、謎の組織の人間が混じっていたらどうだろう？

DC8の荷物室は、外から開くようになっている筈だ。そこに、時限爆弾が仕掛けられていたら――

いや。確実に、仕掛けられている筈だ。

この機体もろとも、三田首相も、犯人二人も、吹き飛ばしてしまう気だ。そうなれば、左翼テロリストの犯人二人が、追いつめられて、持ち込んだ爆弾で、三田首相を道連れに自爆したことになる。

組織にとって、望ましいラストではないか。

左文字の顔が、蒼ざめた。

(どうしたらいいだろう?)

6

犯人たちに話したところで、左文字の話は信用しまい。となれば、一か八か、動いてみるより仕方がない。

「パイロットたちは遅いな」

と、左文字は、わざと大きな声でいった。

その声が聞こえたとみえて、加藤の眉がぴくりと動いた。

「くそッ」

と、舌打ちをしてから、加藤は、また、操縦室に入り込み、マイクをつかんだ。

「管制塔。こちらは、ブラック・タイガーだ」

と、大声で怒鳴った。

左文字は、小声で、三田首相に、「総理」と、いった。

「トイレへ行って下さい」

「え？」

「トイレへ行くふりをして下さい」

三田首相は、わかったというように小さく首を振ってから、立ち上った。

「どうしたんだ？」

青木が、甲高い声を出した。

「便所だ」

と、三田首相は、抑揚のない声でいった。

「我慢しろ」

「出来ないな」

と、首相は、頑固にいった。

青木は、当惑した顔で、左文字と史子を見た。二人をここに残して、トイレについて行くのが不安なのだ。
「僕たちも行くことにしよう」と、左文字は、立ち上った。
「それなら安心だろう?」
「よし。一緒に行くんだ」
青木が、ほっとした顔で、命令した。安心した瞬間、身体に隙が出来た。
左文字は、ポケットに入っていた煙草の箱を、青木の顔面を狙って投げつけた。
反射的に、眼を閉じる青木に向って、左文字は、思いっ切り殴りつけた。
右フックが見事に、青木の顎に入った。
小柄な彼の身体が、床に叩きつけられ、持っていた拳銃が、転がった。
左文字は、ダイビングして、拳銃をつかんだ。
「どうしたんだ?」
加藤が、操縦室から顔を突き出した。その顔に向って、左文字は、床に倒れたま
ま、一発撃った。
がくんという反動と共に、銃声が轟《とどろ》き、閃光《せんこう》が走った。
弾丸は、ドアに命中した。火薬の匂いが立ち籠《こ》めた。
加藤が、あわてて、首を引っ込めた。

「総理を連れて、早く外へ逃げるんだ！」

と、左文字は、妻の史子に向って怒鳴った。

史子は、床に伏せ、三田首相の手を引っ張って、じりじりと、出口に向って這って行く。

「こん畜生！」

と、叫びながら、加藤が、ドアのかげから撃って来た。

狙いが外れて、弾丸は、天井に突き刺さった。

左文字が撃つと、加藤は、また顔を引っ込めた。

史子と、三田首相が、出口に辿《たど》りついた。

左文字は、脅しに、もう一発撃っておいて、

「今だ！」

と、史子に声をかけた。

二人が、立ち上って、タラップを駆けおりて行く。機の外で、わあッと歓声が起きた。

「おい！」

と、左文字は、操縦室の加藤に声をかけた。

「この機体は、間もなく爆発するぞ。君の仲間が、時限爆弾を仕掛けたんだ！」

「馬鹿なことをいうな！」

ドアの向うから、加藤が怒鳴り返してきた。

「よく考えるんだ。君たちが捕まれば、真相が明らかになる恐れがある。君たちの組織が、そんな危険を見逃がすと思うのか？　この機体もろとも、君たちを吹き飛ばす気だ」

「嘘だ！」

「冷静に考えて見ろ！」

怒鳴り合いだった。最後は、言葉の代りに、弾丸が飛んできた。

左文字は、諦めて、床の上を、出口に向って、ジリジリと後退去《あとずさ》りしていった。

青木は、まだのびている。

タラップをおりかけたとき、拳銃片手に、矢部警部が、駆け上って来た。

「おりるんだ！」

と、左文字が、怒鳴った。

「冗談じゃない。犯人を捕えるんだ」

矢部が、大声で、いい返した。

「すぐ爆発するぞ！」

左文字の言葉に、矢部が、顔色を変えた。

「時限爆弾か？」

「そうだ」

「しかし、犯人を――」

「逃げろ！」

左文字が、もう一度、怒鳴った。二人は、タラップを駆けおりた。

刑事や、新聞記者たちが、DC8めがけて集まってくる。彼等に向って、矢部警部が、

「逃げろ！　時限爆弾だ！」

と、絶叫した。

人々の足が、はたと止まり、次の瞬間、猛烈な勢いで逃げ出した。

左文字と、矢部も、走った。

突然、二人の背後で、空気がゆれ動いた。

DC8のほぼ中央部から、真っ赤な火煙が噴出し、爆発音が、空港に鳴りひびいた。熱風が、凄《すさ》まじい早さで左文字を追いかけてきて、彼の身体を、コンクリートの

地面に叩きつけた。

「うわッ」

と、矢部が悲鳴をあげて転がった。

左文字は、一瞬、気を失った。

爆発は、二度、三度と、続けて起きた。

優雅なDC8の機体は、今、紅蓮《ぐれん》の炎に包まれ、黒煙が、もくもくと、秋空に立ち昇っていった。

眼を開いた左文字は、地面に片膝をついたまま、燃えるDC8を振り返った。

空気が熱くなっている。

サイレンを鳴らしながら、消防車が駆けつけて来るのが見えた。

左文字は、DC8のドアの部分に、眼をこらした。炎と黒煙で、ドアが時々見えなくなる。

いつまでたっても、二人の犯人は、出て来なかった。

7

空港消防隊の必死の活躍によって、約三十分後に、火災は消し止められたが、焼けただれた機内から発見されたのは、二つの黒焦げになった死体だった。

肺の中に、煤《すす》が入っていないところからみて、二人が、爆発で死んだことは明らかだった。

床に大穴が開き、天井のジュラルミンが引き剝《は》がされ、めくれあがっているのを見れば、爆発の凄さが思いやられた。この最初の爆発で、二人は死んだのだろう。

〈テロリスト羽田空港で自爆！〉

〈三田首相は、私立探偵左文字夫妻によって無事救出さる〉

と、新聞は、書き立てた。

「おめでとう。君たち夫婦は英雄だね」

と、矢部がいった。

左文字は、首を振った。

「こんな終り方では、素直に喜べないね。これでは、謎の組織は、謎のままだ。警察は、あの二人の背後関係を調べるのかね？」

「一応、調べるだろうな」と、矢部は、他人事みたいな言い方をした。

「だが、彼等の死で、捜査は難しくなったことだけは確かだな。それに、捜査本部は、あの二人を、左翼テロリストと見ている。君のような考え方はしていないんだ。だから、その線を追うことになる。君が正しければ、真相はつかめずに終るだろうな」

「君の首はつながるのか？」

「八人の逮捕者はそのままだし、三田首相は救出されたから、多分、馘《くび》にはならんだろう」

矢部は、さして嬉しそうでなくいった。

左文字も、事件が終ったという感触はなかった。

ブラック・タイガーを名乗った二人の男は死んだ。そして、三田首相は救出された。形の上では、事件は終ったのだ。

三田首相が救出されたことで、社会にも、平衡感覚がよみがえってくるだろう。よみがえれば、二人を動かしていた謎の組織の企みは、失敗したことになるのだ。

だが、いつか、彼等と、真正面からぶつかる時が来るだろう。

いつか。

一九七七年十二月　トクマ・ノベルズ
二〇〇〇年八月　徳間文庫

|著者| 西村京太郎　1930年東京都生まれ。'63年「歪んだ朝」でオール讀物推理小説新人賞を受賞。'65年『天使の傷痕《しようこん》』で江戸川乱歩賞を受賞。'78年に鉄道ミステリー第一作となる『寝台特急殺人事件』を発表。'81年『終着駅殺人事件』で日本推理作家協会賞長編部門を受賞。2005年に日本ミステリー文学大賞を、'19年には「十津川警部シリーズ」で吉川英治文庫賞を受賞した。著作数は640冊を超える。2022年３月逝去。

ゼロ計画《プラン》を阻止《そし》せよ　左文字《さもんじ》進《すすむ》探偵《たんてい》事《じ》務《む》所《しよ》

西村京《にしむらきよう》太郎《たろう》

講談社文庫

定価はカバーに
表示してあります

2023年５月16日第１刷発行

KODANSHA

発行者——鈴木章一
発行所——株式会社　講談社
東京都文京区音羽2-12-21　〒112-8001
電話　出版（03）5395-3510
　　　販売（03）5395-5817
　　　業務（03）5395-3615
Printed in Japan

デザイン—菊地信義
本文データ制作—講談社デジタル製作
印刷———株式会社KPSプロダクツ
製本———株式会社国宝社

ISBN978-4-06-531769-3

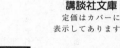

講談社文庫刊行の辞

二十一世紀の到来を目睫に望みながら、われわれはいま、人類史上かつて例を見ない巨大な転換期をむかえようとしている。

世界も、日本も、激動の予兆に対する期待とおののきを内に蔵して、未知の時代に歩み入ろうとしている。このときにあたり、創業の人野間清治の「ナショナル・エデュケイター」への志を現代に甦らせようと意図して、われわれはここに古今の文芸作品はいうまでもなく、ひろく人文・社会・自然の諸科学から東西の名著を網羅する、新しい綜合文庫の発刊を決意した。

激動の転換期はまた断絶の時代である。われわれは戦後二十五年間の出版文化のありかたへの深い反省をこめて、この断絶の時代にあえて人間的な持続を求めようとする。いたずらに浮薄な商業主義のあだ花を追い求めることなく、長期にわたって良書に生命をあたえようとつとめるところにしか、今後の出版文化の真の繁栄はあり得ないと信じるからである。

同時にわれわれはこの綜合文庫の刊行を通じて、人文・社会・自然の諸科学が、結局人間の学にほかならないことを立証しようと願っている。かつて知識とは、「汝自身を知る」ことにつきていた。現代社会の瑣末な情報の氾濫のなかから、力強い知識の源泉を掘り起し、技術文明のただなかに、生きた人間の姿を復活させること。それこそわれわれの切なる希求である。

われわれは権威に盲従せず、俗流に媚びることなく、渾然一体となって日本の「草の根」をかたちづくる若く新しい世代の人々に、心をこめてこの新しい綜合文庫をおくり届けたい。それは知識の泉であるとともに感受性のふるさとであり、もっとも有機的に組織され、社会に開かれた万人のための大学をめざしている。大方の支援と協力を衷心より切望してやまない。

一九七一年七月

野間省一

講談社文庫 最新刊

佐々木裕一
赤坂の達《だる》磨《ま》
〈公家武者信平《のぶひら》ことはじめ(十三)〉
達磨先生と呼ばれる元江戸家老が襲撃さる。藩政の混乱に信平は——! 大人気時代小説シリーズ。

横山光輝
山岡荘八・原作
漫画版 徳川家康 7
関ヶ原の戦に勝った家康は、征夷大将軍に。大坂城の秀頼が引かず冬の陣をむかえる。

輪渡颯介
攫《さら》い鬼
〈怪談飯屋古狸〉
惚《ほ》れたお悌《てい》とは真逆で、怖い話と唐茄子《かぼちゃ》が苦手な虎太《とらた》。お悌の父親亀八《かめはち》を捜し出せるのか!?

田中啓文
誰が千姫を殺したか
〈蛇身探偵豊臣秀頼〉
大坂夏の陣の終結から四十五年。千姫事件の真相とは? 書下ろし時代本格ミステリ!

秋川滝美
ヒソップ亭2
〈湯けむり食事処〉
不景気続きの世の中に、旨《うま》い料理としみる酒。新しい仲間を迎え、今日も元気に営業中!

夏原エヰジ
Cocoon《コクーン》
〈京都・不死篇5—巡《めぐる》—〉
生きるとは何か。死ぬとは何か。瑠璃《るり》は、黒幕・蘆屋道満《あしやどうまん》と対峙する。新シリーズ最終章!

ナガノ
ちいかわノート
「ちいかわ」と仲間たちが、文庫本仕様のノートになって登場! 使い方はあなた次第!

講談社タイガ
森らむね
原作/田島列島
脚本/大島里美
小説 水は海に向かって流れる
高校生の直達《なおたつ》が好きになったのは、「恋愛はしない」と決めた女性《ひと》——。10歳差の恋物語!

李良枝
石の聲　完全版
解説＝李　栄　年譜＝編集部
三十七歳で急逝した芥川賞作家の未完の大作「石の聲」（一～三章）に編集者への手紙、実妹の回想他を併録する。没後三十余年を経て再注目を浴びる、文学の精華。
い－3
978-4-06-531743-3

リービ英雄
日本語の勝利／アイデンティティーズ
解説＝鴻巣友季子
青年期に習得した日本語での小説執筆を志した著者は、随筆や評論も数多く記してきた。日本語の内と外を往還して得た新たな視点で世界を捉えた初期エッセイ集。
りC3
978-4-06-530962-9

濱 嘉之 新装版 院内刑事〈ブラック・メディスン〉
濱 嘉之 院内刑事〈フェイク・レセプト〉
濱 嘉之 院内刑事 ザ・パンデミック
濱 嘉之 院内刑事 シャドウ・ペイシェンツ
濱 嘉之 プライド 警官の宿命
馳 星周 ラフ・アンド・タフ
畠中 恵 アイスクリン強し
畠中 恵 若様組まいる
畠中 恵 若様とロマン
葉室 麟 風渡る
葉室 麟 風の軍師〈黒田官兵衛〉
葉室 麟 星火瞬く
葉室 麟 陽《かげ》炎《ろう》の門
葉室 麟 紫匂う
葉室 麟 山月庵茶会記
葉室 麟 津軽双花
長谷川 卓 獄《がく》〈上・白銀《しろがね》渡り〉〈下・湖底の黄金〉神《じん》
長谷川 卓 獄神伝《がくじんでん》 鬼《き》哭《こく》(上)(下)
長谷川 卓 獄神列伝 逆渡《さかわた》り

長谷川 卓 獄《がく》神《じん》伝《でん》 血路
長谷川 卓 獄《がく》神《じん》伝《でん》 死地
長谷川 卓 獄神伝 風花(上)(下)
原田マハ 夏を喪くす
原田マハ 風のマジム
原田マハ あなたは、誰かの大切な人
畑野智美 海の見える街
畑野智美 南部芸能事務所 season5 コンビ
早見和真 東京ドーン
はあちゅう 半径5メートルの野望
はあちゅう 通りすがりのあなた
早坂 吝《やぶさか》 ○○○○○○○○殺人事件
早坂 吝 虹の歯ブラシ〈上《かみ》木《き》らいち発散〉
早坂 吝 誰も僕を裁けない
早坂 吝 双《そう》蛇《じゃ》密室
浜口倫太郎 22年目の告白〈―私が殺人犯です―〉
浜口倫太郎 廃校先生
浜口倫太郎 AI崩壊
原田伊織 明治維新という過ち〈日本を滅ぼした吉田松陰と長州テロリスト〉

原田伊織 列強の侵略を防いだ幕臣たち〈続・明治維新という過ち〉
原田伊織 虚像の西郷隆盛 虚構の明治150年〈明治維新という過ち・完結編〉
原田伊織 三流の維新 一流の江戸〈明治は「徳川近代」の模倣に過ぎない〉
葉真中《はまなか》 顕《あき》 ブラック・ドッグ
原 雄一 宿命〈國松警察庁長官を狙撃した男・捜査完結〉
濱野京子 with you《ウィズユー》
橋爪駿輝 スクロール
平岩弓枝 花嫁の日
平岩弓枝 はやぶさ新八御用旅(一)〈東海道五十三次〉
平岩弓枝 はやぶさ新八御用旅(二)〈中仙道六十九次〉
平岩弓枝 はやぶさ新八御用旅(三)〈日光例幣使道の殺人〉
平岩弓枝 はやぶさ新八御用旅(四)〈北前船の事件〉
平岩弓枝 はやぶさ新八御用旅(五)〈諏訪の妖狐〉
平岩弓枝 はやぶさ新八御用旅(六)〈紅花染め秘帳〉
平岩弓枝 新装版 はやぶさ新八御用帳(一)〈大奥の恋人〉
平岩弓枝 新装版 はやぶさ新八御用帳(二)〈江戸の海賊〉
平岩弓枝 新装版 はやぶさ新八御用帳(三)〈又右衛門の女房〉
平岩弓枝 新装版 はやぶさ新八御用帳(四)〈鬼勘の娘〉
平岩弓枝 新装版 はやぶさ新八御用帳(五)〈御守殿おたき〉

講談社文庫　目録

平岩弓枝　新装版 はやぶさ新八御用帳(六)〈春月の雛〉
平岩弓枝　新装版 はやぶさ新八御用帳(七)〈寒椿の寺〉
平岩弓枝　新装版 はやぶさ新八御用帳(八)〈春怨 根津権現〉
平岩弓枝　新装版 はやぶさ新八御用帳(九)〈王子稲荷の女〉
平岩弓枝　新装版 はやぶさ新八御用帳(十)〈幽霊屋敷の女〉
東野圭吾　放課後
東野圭吾　卒業
東野圭吾　学生街の殺人
東野圭吾　魔球
東野圭吾　十字屋敷のピエロ
東野圭吾　眠りの森
東野圭吾　宿命
東野圭吾　変身
東野圭吾　仮面山荘殺人事件
東野圭吾　天使の耳
東野圭吾　ある閉ざされた雪の山荘で
東野圭吾　同級生
東野圭吾　名探偵の呪縛
東野圭吾　むかし僕が死んだ家
東野圭吾　虹を操る少年
東野圭吾　パラレルワールド・ラブストーリー
東野圭吾　天空の蜂
東野圭吾　どちらかが彼女を殺した
東野圭吾　名探偵の掟
東野圭吾　悪意
東野圭吾　私が彼を殺した
東野圭吾　嘘をもうひとつだけ
東野圭吾　赤い指
東野圭吾　流星の絆
東野圭吾　新装版 浪花少年探偵団
東野圭吾　新装版 しのぶセンセにサヨナラ
東野圭吾　新参者
東野圭吾　麒麟の翼
東野圭吾　パラドックス13
東野圭吾　祈りの幕が下りる時
東野圭吾　危険なビーナス
東野圭吾　時《トキ》生《オ》〈新装版〉
東野圭吾　希望の糸
東野圭吾作家生活25周年祭り実行委員会　東野圭吾公式ガイド〈読者1万人が選んだ東野作品人気ランキング発表〉
東野圭吾作家生活35周年実行委員会 編　東野圭吾公式ガイド〈作家生活35周年ver.〉
平野啓一郎　高瀬川
平野啓一郎　ドーン
平野啓一郎　空白を満たしなさい(上)(下)
百田尚樹　永遠の0《ゼロ》
百田尚樹　輝く夜
百田尚樹　風の中のマリア
百田尚樹　影法師
百田尚樹　ボックス！(上)(下)
百田尚樹　海賊とよばれた男(上)(下)
平田オリザ　幕が上がる
東　直子　さようなら窓
蛭田亜紗子　凜
樋口卓治　ボクの妻と結婚してください。
樋口卓治　続・ボクの妻と結婚してください。
樋口卓治　喋る男
平山夢明　魂《たま》豆《どう》腐《ふ》〈大江戸怪談どたんばたん(土壇場譚)〉
平山夢明 宇佐美まこと ほか　超怖い物件

講談社文庫　目録

東川篤哉　純喫茶「一服堂」の四季
東山彰良　流《りゅう》
東山彰良　女の子のことばかり考えていたら、1年が経っていた。
平田研也　小さな恋のうた
日野　草　ウエディング・マン
平岡陽明　僕が死ぬまでにしたいこと
ビートたけし　浅草キッド
ひろさちや　すらすら読める歎異抄《たんにしょう》
藤沢周平　新装版 春秋の檻〈獄医立花登手控え㈠〉
藤沢周平　新装版 風雪の檻〈獄医立花登手控え㈡〉
藤沢周平　新装版 愛憎の檻〈獄医立花登手控え㈢〉
藤沢周平　新装版 人間の檻〈獄医立花登手控え㈣〉
藤沢周平　新装版 闇の歯車
藤沢周平　新装版 市塵(上)(下)
藤沢周平　新装版 決闘の辻
藤沢周平　新装版 雪明かり
藤沢周平　義民が駆ける〈レジェンド歴史時代小説〉
藤沢周平　喜多川歌麿女絵草紙
藤沢周平　闇の梯子
藤沢周平　長門守の陰謀
古井由吉　この道
藤田宜永　樹下の想い
藤田宜永　女系の総督
藤田宜永　女系の教科書
藤田宜永　血の弔旗
藤田宜永　大雪物語
藤　水名子　紅嵐記(上)(中)(下)
藤原伊織　テロリストのパラソル
藤本ひとみ　新・三銃士 少年編・青年編〈ダルタニャンとミラディ〉
藤本ひとみ　皇妃エリザベート
藤本ひとみ　失楽園のイヴ
藤本ひとみ　密室を開ける手
福井晴敏　亡国のイージス(上)(下)
福井晴敏　終戦のローレライ I～IV
藤原緋沙子　遠花火〈見届け人秋月伊織事件帖〉
藤原緋沙子　春《はる》疾風《はやて》〈見届け人秋月伊織事件帖〉
藤原緋沙子　暖《ぬくめ》鳥《どり》〈見届け人秋月伊織事件帖〉
藤原緋沙子　霧の路《みち》〈見届け人秋月伊織事件帖〉
藤原緋沙子　鳴《なる》子《こ》守《もり》〈見届け人秋月伊織事件帖〉
藤原緋沙子　夏ほたる〈見届け人秋月伊織事件帖〉
藤原緋沙子　笛吹川〈見届け人秋月伊織事件帖〉
藤原緋沙子　青《せい》嵐《らん》〈見届け人秋月伊織事件帖〉
椹野道流　亡羊の嘆〈鬼籍通覧〉
椹野道流　新装版 暁天の星〈鬼籍通覧〉
椹野道流　新装版 無明《むみょう》の闇〈鬼籍通覧〉
椹野道流　新装版 壺中《こちゅう》の天〈鬼籍通覧〉
椹野道流　新装版 隻手《せきしゅ》の声〈鬼籍通覧〉
椹野道流　新装版 禅定《ぜんじょう》の弓〈鬼籍通覧〉
椹野道流　池魚《ちぎょ》の殃《わざわい》〈鬼籍通覧〉
椹野道流　南柯《なんか》の夢〈鬼籍通覧〉
深水黎一郎　ミステリー・アリーナ
藤谷　治　花や今宵の
古市憲寿　働き方は「自分」で決める
船瀬俊介　かんたん「1日1食」!!〈万病が治る! 20歳若返る!〉
藤野可織　ピエタとトランジ
古野まほろ　身元不明《ジェーン・ドゥ》〈特殊殺人対策官 箱崎ひかり〉
古野まほろ　陰陽少女

2023年3月15日現在